JN135111

栄光のかけら

〈増訂版〉

萩乃美月

ブックウェイ

まえがき

人は一人では生きていけない。だからといって、他人(ひと)はそうあてになるものでもない。自力で動けなくなった時、人はあらゆる欲望を断念し、ただじっと耐えるしかない。その生が終わるまで。

これは二〇〇四年に短編として書いたものを、今回中編に書き直したものである。当時と今で、社会保障や医療現場に多少の違いはあるかもしれないが、「介護殺人」、「介護心中」という文字が紙面に躍ることは今でもある。これからの少子高齢化社会に、我々はどう立ち向かえばいいのか。もしこの物語を読んで、いささかでも何かを感じられたら、力強く生きて、次代を支えて欲しい。

またこの作品が苦しみに喘いでいる人たちの慰めにはならなかったとしても、安楽死（尊厳死）法制化への一助となることを願ってやまない。

筆者敬白

栄光のかけら　◎目次

学堂

一

僕が西村学堂と出会ったのは、都心を外れた学園都市にある古びた本屋だった。僕はその年九州から出てきたばかりで、慣れない学生生活と不案内なその街で心細い毎日を送っていた。心を許せる友人もまだいなかったし、安らぎを与えてくれるのは大学の図書館と本屋しかなかった。

バス停から僕のアパートへ向かう途中にあるその本屋で、僕は当時八十九歳の学堂に出会った。

学堂はオーソドックスな黒縁のメガネをかけ、薄茶のシャツに海老茶のベストを着て、大手企業の重役のような佇まいで文芸雑誌のコーナーに立っていた。僕が近づくと鼻眼鏡越しにちらと僕の方を見て雑誌を閉じ、もとに戻して出て行った。淋しげに見えるその背中は、それでいて誇り高くぴんと伸びている。その背中に何故か自分と同じ匂いを嗅いだような気がして、後ろ姿が小さくなるまで見送っていた。

それから度々その本屋の雑誌コーナーで、僕は学堂と出会った。学堂の方も僕の顔を見覚えたらしく、隣に立っても出て行かなくなった。そしてある日、僕に話し掛けてきたのだ。

「学生さん?」

僕が「はい」といって頷くと、

「君は文学に興味がありそうだけど、これ、どう思う?」

といって開いていた雑誌を僕に見せた。それはその年上半期の芥川賞受賞作品が掲載された雑誌だった。そしてこういったのだ。

「最近の芥川賞はエロばかりだね。太宰は何故こんなもの欲しがったのかねぇ」

それほど大きな声ではなかったが、近くにいる客がちらちら学堂の方を見、耳を欹(そばだ)てるのがわかった。僕は何と返事してよいかわからず、顔が火のように熱くなって、学堂を無視するようにして本屋を飛び出した。それからしばらくは、その本屋を避けて通った。


僕が学生生活を送るこの街は、繁華な街並みが数キロに渡って続く大きな学園都市である。駅前から放射状に伸びた道路には、バスやタクシーが縦横無尽に走っていて、ロータリーは朝夕学生と通勤客で溢れかえる。駅前には百貨店をはじめとする大小のビル群が立ち並び、夜はさまざまな色のネオンが彩る活気のある街だ。

僕の生活拠点は、駅からバスで三つ目の停留所。そこから五分ほど歩いたところにある西日のあたるアパートだった。表通りには昔からの小売商が軒を並べていて、生活に不自由することはない。近くにはコンビニもあって実に便のよい街なのだが、九州で生まれ育った僕には少しだけつらいことがあった。周囲を山に囲まれたこの街は夏が極端に暑く、冬は寒いのだ。

　年が明けた冬のある日、僕はバスを降りてアパートへの道を歩いていた。陽はまだ落ちていなかったが、山から吹き降ろす風に悩まされた僕は、その風を避けるようにして目の前の本屋へ飛び込んだ。そして暖房の暖かさにほっとひと息つきながら、専門書のコーナーへ行って哲学書を探した。後期試験に必要な哲学書が大学の図書館ではすでに貸し出されていてなかったからだ。比較的大きなこの本屋は、学生を見込んで専門書も多く置いてある。その棚を端から目で追っていると、誰かに肩を叩かれた。

「しばらくだね」

　振り返ると、すぐ後ろに学堂が立っていた。僕はお辞儀をして、また本棚に視線を戻した。余計なことを話し掛けられてはたまらないと思ったからだ。学堂は僕の探しているものがその棚にないと見極めるまで、じっと同じようにその棚を見つめていた。それから、

「哲学書を探しているのかね」

　と聞いてきた。僕が「ええ、まあそんなものです」と曖昧に答えると、

「何について知りたいの」

　と話し掛けてくる。僕も試験が迫っていたために、藁にもすがりたい気持でつい本当のことを

いってしまった。すると、

「それならうちにあるかもしれない。来てみるかい。すぐそこだから」

といって僕の返事を待たずに踵を返した。僕は戸惑いながらも断わる勇気もなく、専門書を買うのも惜しい気がしたので、成り行きに任せてついていった。

僕が欲しかったのはストア学派について書かれているもので、たまたま哲学の授業の時、僕と同じように最後部に陣取る女子学生が教えてくれたのだ。今度の試験には「ストア学派について述べよ」という問題が出る可能性が高いことを。

ぽっちゃりした癒し系のその美人は片山桃子といって、何故か僕にお節介をやいてくれる。僕が休むとノートのコピーを取ってきてくれたり、暑い時には冷たい飲み物をそっと机の上に置いてくれたりした。そして一年近く経った今では隣同士に座っている。

とにかくそのストア学派について書かれているものがあれば、持ち込み可のこの科目は単位取得が可能な筈だった。その場合、教材からそのまま抜き書きしてもなかなか単位はもらえない。他の資料を研究したあとがなければならないのだ。それがなかなか見つからなかった。試験は三日後に迫っているのに……。

「ここだよ」

学堂はそういって四階建の市営住宅の階段を上っていった。僕は引き返したい気持でいっぱいだったが、それでも黙って学堂のあとをついていった。

階段から見える小さな公園には子供たちの姿はなく、この寒さにもめげず世間話に花を咲かせるおばあさんたちの姿だけがあった。年季の入った建物の廊下はところどころ配線の管がぶら下がっていたり、コンクリートの壁が剥げ落ちたりしていた。

三階の端から二番目のドアの上に「西村太一郎」という紙の表札が貼ってあって、学堂はそこのドアノブをまわした。もちろんそれまで、学堂は僕にとって本屋で出会うただの爺さんでしかなかったし、名前すら知らない存在だった。僕が学堂の名前を知ったのは、その日が最初である。

「お客さんだよ」

学堂はドアを開けると声をかけて中へ入っていった。「えっ」と驚いたような声をあげて出てきた奥さんは、僕を見るとあわてて髪を手櫛で撫でつけた。学堂よりは少し若いのだろうが、やはりかなりの年輩だった。それでも上品な笑いを浮かべて、

「あら、まあ、どうぞ」

僕を中へ招じ入れてくれた。

玄関へ足を踏み入れるとすぐに、散乱した空き箱や紙袋が僕の目に飛び込んできた。玄関を入ってすぐのところが台所になっていて、そこに置かれている冷蔵庫や食器棚は古雑誌やほこりだらけのガラクタに囲まれていた。ざっと見回しただけでも間取りのわかる二ＤＫの部屋には荷物

がびっしり詰まっていて、蛍光灯の灯りもどこか薄暗い。

すぐにベランダへ突き抜けそうな六畳の部屋にはベッドがひとつ置いてあり、学堂と奥さんはそこに腰掛けた。そしてその前にある籐の椅子を指差して「どうぞ」と奥さんが勧めてくれた。僕が椅子に腰掛けると、

「以前、話したろう。本屋で会った学生さん」

と学堂が奥さんに紹介した。

「あら、そうなの。そういえば勉にちょっと似てるわね」

といって奥さんは僕の顔をまじまじと見つめた。

「ああ、勉というのは私の孫でね。アメリカにいるんだ。我々はつとむと呼んでいるが、向こうではベンというらしい」

と学堂が補足した。

「お孫さんですか。僕と、同じくらいの？」

と怪訝な顔をすると、学堂は照れたように、

「私は結婚が遅かったものだから、娘は三十八の時の子でね。孫は君より少し上かな。でも、まだ大学生だよ」

そういうと、奥さんの方を見て顎をしゃくった。

「ほら、あれあったろう。羊羹」

「ああ、そうですね。でも学生さん、ええと、お名前は何とおっしゃったかしら」

「あ、僕、江藤和也といいます」

「ああ、江藤さん、羊羹なんて召し上がる？　お茶、いえ、何か冷たいものがいいかしらね」

奥さんは突然の来客をどう歓待していいのか戸惑っているようだった。

「いえ、どうぞお構いなく。すぐに失礼しますから」

「そんなこといわないで、ゆっくりしてってちょうだい」

そういって奥さんは台所へ立っていった。

「そうだ。ストア学派だったね」

学堂は思いついたように立ち上がって、開け放してある隣の部屋へ入っていった。

こちらも四畳半の部屋にパイプベッドが一つ、それに机、ガラスの引き戸がついた本棚と木枠だけの本棚があって、どちらもぎっしり本が詰まっていた。そこから溢れた書物はベッドの下にも置いてあって部屋中本だらけといった感じだが、一応きちんと整理されていた。

「これでも随分図書館へ寄付したんだけどね。まだ片づかない。君が探しているのはこの辺にあるんじゃないかな」

学堂はそういって、ガラスの引き戸のついた本棚の上の方を指差した。そこには年代物の哲学全集が並んでいた。この家にこんな本がよくあるもんだと思うほど、学術的な本がきちんと分類されて収められている。

「君は今、ひとりで暮しているの」

ガラスの引き戸を開けて哲学全集の目次をめくっていると、学堂が問いかけてきた。僕が「はい」と返事をすると、「どこから?」とまた尋ねる。「九州からです」と答えると、「そうか、九州男児か。いいね。近頃じゃ、男だか女だかわからないような男性が多いから。そうか、君は男尊女卑の国から来たのか」

僕は男尊女卑という言葉が好きではない。時代に合わない化石のような過去の慣習を、後生大事にしたいと願う男たちの女々しさが感じられるからだ。

僕が黙っていると、学堂は読書家らしい気遣いでその部屋から出て行った。その配慮に感謝しながら一心に哲学書をあさり、ストア学派についての記述を見つけた。明らかに教材とは違う見解が示されている。これなら単位取得は可能だろう。思わずほっとしながら、本棚の中をざっと見渡した。他の科目で参考になるものがあるかもしれないと思ったからだ。

すると学術書や文学全集に混じって児童書があるのに気づいた。それも本棚の中では最も目線の行く目立つ場所に置いてある。どう考えても、この本棚に児童書が宝物のように収蔵されているのは変だった。見たことも聞いたこともない題名。しかしその下にある作者名を見て僕はぴんときた。背表紙にある西村学堂という作家の名は、表札で見た西村太一郎その人ではないかと。

「西村さん、あの、ここにある本。これ」

僕は隣の部屋にいる学堂に声をかけた。

「ああ、それね。私の駄作だよ」

学堂は照れくさそうに笑いながら、しかし嬉しさを隠しきれない顔つきでいった。

「西村さん、作家だったんですか」

思いがけない事態に僕は試験のことも哲学のこともすっかり忘れてしまい、多弁になってい
た。根掘り葉掘り尋ねる僕に、学堂は初めのうちこそ嬉しそうに答えていたが、どうやって作家
になったのかとか、一冊の本で原稿料はどれくらい貰えるのかといった話になると寡黙になっ
た。そして、

「ストア学派はあったかい」

と話を逸らした。僕はようやくここへ来た目的を思い出し、学堂に立ち入った質問を浴びせた
ことを後悔しながら六畳の部屋へ戻った。

「これ、お借りしてもいいですか」

ストア学派について記述のある哲学書を持っていくと、

「ああ、いいよ。よかったらあげるよ。そこにある全集全部持っていってもいいんだよ」

といった。どう見ても裕福とは思えない家に住み、高価な学術書があるだけでも不思議なのに、それをくれるというのだから、ますますわからなくなってしまった。

「今すぐでなくてもいいんだよ。また来た時にでも少しずつ持っていけば。どうせ、いずれ処分しなければならないんだから」

自分の死後の本の行方を案じてでもいるような学堂の眼差しに見据えられて、僕は返事ができなかった。

奥さんは食器棚からあれこれ茶碗を引っ張り出してその選定に長い時間をかけ、冷蔵庫を開けたり、茶筒を探したりした挙句、やっと茶菓を運んできた。そして、広告のようなものでいっぱいになっている小さなテーブルを片付けてお茶と羊羹を置き、

「どうぞ。生憎何もないけど、ゆっくりしていらしてね」

といった。客には食事を出すのが礼儀だと考えている実家の母を、その時ふと思い出した。

「ありがとうございます。でも今日は突然お邪魔しましたので。それに試験も控えてますし、これを頂いたら失礼します」

そういってから僕は、今の言葉を反芻した。まだ言葉遣いに自信がない。大学ではふつうに話せるようになったが、訛りが出ていないか、田舎者と思われるのではないかという懸念が常に心の隅にある。

「そう、試験があるんじゃ仕方ないわね。でもまた、ゆっくりいらして下さいね」

奥さんは少しほっとしたような、でも僕に帰って欲しくないような、複雑な表情をした。取り敢えず、言葉に難点はないようだ。

羊羹は学堂の好物らしく、何もいわずにひたすら口に運んでいた。奥さんの方は畳に正座しながらベッドに頬杖をつき、じっと僕を見つめている。見つめられることが苦手な僕は何とか話題を見つけようとし、ふとテレビの上に目をやると若い女性の写真が飾ってあった。

「あれ、どなたですか」

奥さんの執拗な視線を逸らすことができれば、話題は何でもよかった。

「ああ、あれ、娘なの」

そういって立ち上がると、奥さんは写真をとって僕に見せた。

「若い頃のだけど、これが一番気に入ってるのよ。女優さんみたいでしょ」

奥さんは愛しい人でも見るような眼差しで写真を眺めた。僕は少しほっとして、

「きれいな方ですね。どちらにいらっしゃるんですか」

と尋ねると、奥さんの顔が一瞬曇った。そして怨念に取りつかれた夜叉のような眼差しで一点を見つめ、またすぐ我に返ったように穏やかな顔になった。

「アメリカにいるのよ、今は。孫と一緒に」

「ああ、勉さんのお母さん。そうですか。それはお淋しいですね」

「ううん、もう慣れたわ。でも、あなたのような若い人を見ると孫のことを思い出すの」

奥さんはそういってまた僕を見た。好意的な眼差しなのだが、僕には何故か重く感じられ、口の中でこなれていない羊羹のかたまりをごくりと飲み込んだ。

二

その夜、インターネットで学堂の名前を検索してみた。児童文学の無名作家なんて見つかる筈がないと思いながら、試験より興味があった。

僕の悪い癖で、試験前になるとつまらない事が気になってくる。例えばそれはトイレやユニットバスの汚れだったり、散らかっている机だったりする。そしてそれを片付けないと前に進めない。結局ぎりぎりにならないと試験勉強は始まらないのだ。だからいつも追い込みの一夜漬け。それでも何とかやってこれた。やってこれたというより、僕は試練から逃れてきたのかもしれない。

大学受験の時も、友達が九州の有名大学に進学を決めていく中、僕はそれに敢えて挑戦することをせず、東京へ逃げた。東京の大学へ行く。それだけで何とか格好がつくと思ったのだ。そこそこ名のある大学なら、どこの学部でもよかった。将来のことも、就職のことも考えてはいなかった。取り敢えずその場凌ぎで入れる大学を探し、T大学の文学部哲学科という就職には全く縁のなさそうなところを選択した。その精神は今もなお健在で、努力せずに単位を取得することばかり考えている。

とにかく今回は、トイレやユニットバスの汚れでも散らかった机でもなく、西村学堂が僕の心を捕らえていた。

「おおー」

僕は思わず我が目を疑った。インターネットの検索エンジンは、西村学堂に関する九件の項目をヒットさせたのだ。日本児童文学バックナンバー、××童話館、……。そして僕が目を見張ったのは、芥川賞受賞作候補一覧というものだった。

児童文学が芥川賞候補になることがある筈はないと思いながら、僕はそれをクリックした。そして芥川賞の候補者と候補作が網羅されているそのホームページを、第一回から追っていった。西村学堂の名前はその一覧の三分の一くらいのところにあった。候補作「星になろうとした男」は児童文学であろう筈がない。ということは、児童文学とは別に大人向けの小説を書いていたことになる。しかし、他のどの項目をクリックしても、学堂の経歴が載っているものはなかった。この西村学堂と、哲学書を貸してくれた学堂とは同一人物なのだろうか。

そんなことを考えるとますます試験どころではなくなり、学堂に会って真相を確かめたい気持で僕の頭の中はいっぱいになってしまった。

翌日、学食で桃子にその話をすると、気乗りのしない返事が返ってきた。

「西村学堂？　聞いたことないわね」

桃子はリポート用紙に目を通しながら、カレーライスを口に運んでいた。話す暇も惜しんで試験前の準備を進めている。僕はそういう桃子が羨ましい。いつも準備万端整えて試験に臨む桃子は当然成績もよく、成績表にはＡが並ぶ。ＢとＣばかりの僕とは比べものにならない。Ｃでもとにかく単位取得ができればいいと思っている僕は、時々単位取得不可のＤをもらうこともある。それを桃子は無駄だという。どうせ試験を受けるなら、確実に単位を取らなければ時間が無駄になる。だから私は全力投球するのよというのだが、そういう時の桃子は少し煙たい存在になる。

「江藤君、作家志望なの？」

首を傾けたままリポート用紙から目を離して、僕を見上げるように桃子がいった。

「そうじゃないけど、でも何か興味があってさ。芥川賞候補作家かもしれないいんだぜ」

そういうと桃子は疑惑の目を僕に向け、

「そうじゃないいんじゃない。そのお嬢さんに興味があるんじゃないの。きれいなんでしょ」

不機嫌そうに口を尖らせる桃子を見て、何だそうかと僕は少し嬉しくなった。放課後、僕は勉強するために図書館へ行った。勉強する人に囲まれていた方がその気になるかもしれないと思ったのだ。

でもその前にひとつだけと思って作家人名事典を手にとった。そこに僕は学堂の名を発見したのだ。確かにあった。本名西村太一郎。あの学堂と同一人物だ。児童文学作家としてあるが、はじめは単に小説を書いていたらしい。「星になろうとした男」で芥川賞候補となったが、その年は受賞作なし。学堂の作品は『創作代表選集』に収められた。その後児童文学へ転向。単行本をいくつか出している。僕があの部屋で見た十数冊の児童書だ。しかし、学堂の名が背表紙にない『創作代表選集』には気がつかなかった。あの本棚にあったのだろうか。

試験が終わり、休みに入ると、僕はすぐに学堂の家を訪ねた。もちろん、第一の目的は貸してもらった本を返すことにある。しかしそれより重大な目的が僕にはあった。

あれこれ迷いながら、学堂の家へ行く途中で羊羹を買った。本を借りたお礼のつもりでもあったし、これからもよろしくの気持でもあった。チャイムを押すと奥さんが出てきて僕を招じ入れ、

「お父さんちょっと出掛けてるけど、すぐに帰ってきますから」

と椅子を勧めてくれた。羊羹を渡すと嬉しそうに礼をいい、「お父さん喜ぶわ」と仏壇に供えて

合掌した。

「ちょっと本見せてもらってもいいですか」

僕がそういって四畳半の部屋へ入ろうとすると、奥さんは少し逡巡しながら、

「あなたなら構わないと思うけど、お父さん神経質でね。本棚をいじるとすぐにわかるのよ。それで、お前これいじったか、なんて怖い顔するの」

「大丈夫ですよ。帰っていらしたら、僕が見せていただいたと話しますから」

そういうと奥さんは安心したように頷いた。それでも心配なのか、僕が本を閲覧する様子を隣の部屋からじっと見ていた。

僕はまず児童書の近くにある筈の『創作代表選集』を探した。それはすぐに見つかった。装丁が古びているのは仕方ないが、文字が薄くなっていて目立たない存在だった。おそらくふつうの人が目に留めることはないだろう。学堂のことを調べてきた僕だからこそ、その本の値打ちがわかるのだ。

本の扉を開け、目次に目を通して、僕は自分の認識が正しかったことを確信した。学堂の作品が巻頭を飾っていたからだ。そして次のページをめくろうとした時、ガチャッという音がして学堂が戻ってきた。玄関にある僕の靴を見て、「誰か来ているのか」と奥さんに尋ねた。僕は四畳半から顔を出して「お邪魔しています」と挨拶した。「ああ、君か」とにこやかにいってから学堂は、

「今日は卵が安かったよ」と小さく膨らんだスーパーの袋を奥さんに渡した。その時の学堂はただの爺さんでしかなかったが、彫りの深い顔には気品があって、スーパーの袋はどう見てもミスマッチな気がした。

「もう試験は終わったのかね」

学堂はベッドに腰掛けると、眼鏡を外して目のまわりを擦りながらそういった。

「はい。お蔭様でストア学派は何とか通りそうです。今日は本を返しにきました」

すると奥さんが、お礼に羊羹を頂きましたよといって、お茶を運んできた。

「それは気を遣わせてしまったね。あの本はあげるつもりだったから、返してもらわなくてもよかったんだよ」

といいながら、僕が手にしている本を見て、「それは?」と怪訝な顔をした。

「あ、これ、拝見させてもらってました。僕、事典で調べたんです、西村さんのこと。芥川賞の候補になったことがあるんですね。すごいなと思って、その作品を拝見したかったんです。お借りしてもいいですか」

僕の言葉に一瞬学堂の口許がほころんだが、すぐに厳しい顔になって、

「それは一冊しかないんでね。持っていかれては困るよ。それに、君のように若い人が読んでも面白くないだろう」

そういって僕の手から本を取り上げると、本棚に戻してしまった。僕がそれ以上何もいえずに沈黙してしまうと、学堂は他の話をした。彼女はいるのかとか、大学を出たら何をするつもりかという、ごく一般的な話だった。

その様子から、機嫌を損なったわけでないことだけはわかったが、会話は上滑りして僕の頭上を通り過ぎていった。そんな日常的な話をするために僕はここに来たのではない。何故、何故なんだ。

「君、どうかしたかね」

僕はぼんやりしていたらしい。気がつくと、学堂が僕の顔を覗き込んでいた。

「あ、いえ、何でも……」

あわてて茶碗を口に運んだ。

「君、ご兄弟は？」

「あ、はい、兄と姉がひとりずつ」

そう答えると、学堂は何故かほっとしたように溜息をついた。

「そりゃいいね。次男坊は気楽でいい」

そういって何度も頷きながら、「そうか、次男坊か」と繰り返した。僕は気楽だといわれたことが引っ掛かっていたが、学堂の喜んでいる様子を見てどう反応したらよいものかわからなかった。

「それじゃ、今日はこれで。二、三日中に郷里へ戻るつもりなので。大学が始まったら、また来てもいいですか」

僕が学堂の顔色を窺うように尋ねると、

「ああ、いいよ、いつでも。待ってるからね」

意外なほど優しい眼差しだったが、どこか淋しそうにも見えた。孫に似た僕が、二ヶ月あまり訪れることはないという、そんな思いでもあるのだろうか。

帰郷

一

春の玄海灘は気持のいい青空が広がっていた。昔の人はこの海が唐（から）、天竺（てんじく）へと続き、果ては浄土へ繋がっていると信じていた。確かにこの抜けるような青空を見ていると、海の彼方には極楽があるような気がしてくる。

子供の頃、この海でどれほど砂まみれになって遊んだことか。鴎の鳴き声も打ち寄せる波も、そのすべてが僕に遠い記憶を甦らせる。あの頃は夕食のことも明日のことも、何も心配せずに遊んでいた。家に帰れば黙っていても温かい食事が出てきたし、小遣いがなくなれば兄や姉の目を掠めて母に泣きつけばよかった。

今はそうはいかない。財布が軽くなってくると食べる心配をするのが精一杯で、遊ぶことなど考えられない。大人になるということは、ある意味現実的で夢のない世界へ踏み込むことなのかもしれない。でも、僕は夢を失いたくない。

そう思いながら深く空気を吸い込むと、懐かしい何かが胸いっぱいに広がっていくような気がした。

「和也――」

振り返ると、手を振りながら姉の皐月（さつき）が駆けてくるのが見えた。ほっとする声だ。何よりここでは言葉に気を遣わなくていい。

「どうしたん」

砂に足をとられながら近づくと、

「すぐに帰ってきんしゃい。兄ちゃんが彼女を連れてきたんよ。結婚すると」

そういって姉は荒い息を吐いた。

「えっ、結婚？」

「そう、どうやらこれね」

姉は腹を膨らませるような仕草をした。

「これ？」

「そ、できちゃった婚」

僕は頭の中が真っ白になった。彼女がいたことも聞いてなかったし、五歳年上の兄史也（ふみや）は去年就職したばかりなのだ。

「姉ちゃん、知っとったん」

「知っとるわけなかでっしょ。まだ叔母さんになんかなりたくなか」

姉は頬を膨らませた。

「えっ」

「あんた、叔父さんばい」

「えー」

僕は益々頭の中がこんがらがってしまった。


祖父の代からの古びた家は、石垣に囲まれた平屋である。門のところから玄関までは飛び石が敷かれていて、周りには躑躅(つつじ)や柘植(つげ)などの前栽がある。ちょっと手入れを怠ると縁側に日が当たらなくなってしまうほど、どの草木も歳月を経ていた。それでも三百坪に及ぶ広い敷地には駐車スペースも二台分ある。

祖父がこの土地を購入した頃は炭鉱の全盛期だった。それが閉鎖に追い込まれ、一時期は食べるのに困って手放すことも考えたらしい。父が大手企業で働くようになって、何とか存続できたのだと聞いている。

玄関を入ると、兄と彼女は台所の隣にある居間でかしこまって座っていた。

「母さん、少し落ち着かんか」

おろおろと居間と台所を行き来する母を見て、父がたしなめた。定年を数年後に控えた父の髪は学堂のように薄くはないが、すっかり白くなっていた。それに比べると、母の見た目は若い。髪も染めているせいか黒々としているし、肌のつやも良かった。

「ええ」

母は生返事をしながら座ったものの、またすぐに立ち上がった。

「お湯が沸いたかどうか見てきますばい」

「仕様のない奴たい」

といってから、父は僕たちの姿を認め、

「おお、こっちへ来んか」

と手招きした。僕と姉は恐る恐る敷居をまたぎ、部屋の隅に小さくなって座った。すると兄の彼女なる人は、わざわざ座布団をはずして僕たちの方を向き、

「雨宮順子（あまみやよりこ）です。よろしくお願いします」

と丁寧にお辞儀をした。幼い頃東京で育ったためか訛りがない。僕たちもあわてて頭を下げ、僕は上目遣いに彼女の顔を見た。細面で切れ長の目、形のよい鼻、これぞ美人といった非の打ち所のない顔をしている。母や姉はどちらかというとおかめ顔だが、僕はそれを愛嬌のある顔だと思っているし、長年親しんできた顔だからほっとするのだが、この手の美人は緊張する。話し方

もお辞儀の仕方も、一分の隙もない感じだ。どちらかというと苦手なタイプなのだが、それでいて僕の視線は釘付けになっていた。

「和也」

無遠慮に見つめている僕を、姉が肘で小突いた。僕はあわてて下を向き、そのついでに一瞬彼女の腹のあたりを見た。まだ目立つほど膨らんではいない。

「お茶が入りましたばい」

母が茶菓を運んでくると、姉と二人で座卓に並べ、

「順子さんいうたかね。膝、崩しんしゃい」

と母がいった。

「有難うございます」

といいながら、彼女は膝を崩そうとはせず、緊張した面持ちで茶菓を見つめている。

「おとん、大事な話があっと」

兄は正座して威儀を正すと、

「順子と結婚したいんじゃ」

ずばりといってのけた。父も覚悟はしていたのだろうが、あまりに直球過ぎて、少しあわてたようだった。しきりに頷くだけで、言葉が出てこない。

「お父さん」

母が父を覗き込むように小声でいうと、

「お前ももう大人じゃゃけ、相手が誰であっても、わしは反対などせん。が、順子さん」

と父は彼女の方を見た。

「古い言い方かもしれんがの、史也はこの家の跡継ぎじゃけ。あんた、それだけの覚悟はあるんか」

「おとん、今そげな事いわんでも」

兄はそういいながら彼女の顔を見た。「そんなことというなら、私結婚しません」とでもいい出しそうな彼女の顔を見ている兄の不安が、僕にもひしひしと伝わってきた。

「最初が肝心なんじゃ。うやむやにすっと、あとで揉めるき」

父は腕組みをした右手で顎を撫でた。

「大丈夫です、お父様。私、長男の嫁として、できる限りのことはしたいと思っています」

彼女の言葉に、誰もがふっと安堵した。

「そうか。それなら、問題なか」

父もほっとしたように、相好を崩して茶をすすった。

「今日はゆっくりしていきんしゃい」

母も愛想笑いをしながら茶碗に手を伸ばした。余程嬉しかったのか動揺していたのか、それが僕の茶碗であることに母は気づいていないようだった。

それからは無礼講になり、兄の馴れ初め話から結婚式の日取りまで、暗くなるまで延々と続き、夕食には母の自慢料理が並んだ。結局、彼女の腹が目立ってくる前に式を挙げることで話は落ち着いたが、姉の皐月は終始不満そうだった。

「だってあたし、小姑ってことじゃけんね。邪魔な存在になるわけじゃし」

彼女が帰ったあと、流しを片付けながら姉のぼやきが止まらなかった。姉は短大を出たあと就職が決まらず、家事を手伝っている。頼子さんが家に入れば女が三人になるわけで、確かに邪魔な存在にならなくもない。

「あんたも、いい人見つけたらよか」

母が座卓を拭きながら姉をからかうようにいうと、

「あたしは嫁になんかいかん。一生ここにおる」

姉の機嫌はますます悪くなった。とばっちりを受けないうちに自分の部屋へ戻ろうとして立ち上がると、

「お前もそろそろ東京に慣れたじゃろ。バイトでもしたらどうね」

と、肘枕でテレビを見ていた兄に声をかけられた。

「ああ」

僕が生返事をすると、兄は起き上がってきて庭へ誘った。

庭の藤棚の下に小さな砂場がある。そこで幼い頃、僕は兄とよく相撲を取った。五歳上の兄にはどうやっても敵わなかったが、兄は手加減してくれたし、時にはわざと負けてくれることもあった。

「一丁やっか」

兄は相撲を取る仕草をした。

「もう、こん砂場では」

僕は首を振った。二人の図体が砂場を凌いでしまっている。

「そうじゃね。ここでは無理たい」

兄の言葉に僕は少しほっとした。体格の差はなくなったものの、兄に勝てる自信もなかった。

「和也。大学へ入ったばかりで、こんなこというてもなんじゃけど」

兄は砂場の縁に腰掛けた。

「しっかり勉強して就職決めてくれんね」

「ああ、それは……」

勿論のことだといおうとしたが、自信を持っていうことができなかった。何となく大学へ行き、どの道へ進むかもはっきりしていない。僕はただ漠然と大学へ通っているに過ぎないのだ。

「皐月もあんなだし、おとんももうすぐ定年じゃけ、じきに年金暮らしたい。お前がしっかりしてくれんと、どうにもならん」

要するに兄は、二人の小舅が揃って厄介者になることを懸念しているのだ。

そういえば二ヶ月あまりあった夏休みも、僕はバイトもせずにこの郷里で過ごした。高校生と変わらぬ夏休みを。

「そうじゃね。小遣い分くらいはバイトせな、いけんね」

僕はそういって真っ暗な空を見上げた。星も見えないあの空のように、僕には先のことなど何も見えない。急に兄が大人びて見え、遠い存在になったような気がした。姉の心配は姉だけのものではなく、同じように小舅になる僕のものでもあったのだ。

何となく肩身が狭くなった僕は、予定を早めて郷里をあとにした。

二

東京へ戻ってきたものの、僕はただぼんやりと日を過ごした。次の仕送りまでの日数を数え、財布に残った小銭を照らし合わせると、デートの費用もままならない。かといってバイトを探す気にもならず、図書館へ行ったり、ベッドの下に放り投げてあったコミックを読み直したりして、桃子に会ったのは結局新学期が始まってからだった。桃子とは専攻が違うが、まだ一緒にとれる科目があったので、相変わらず席を並べていた。

「君は何故人間科学を専攻したの？」

授業前のざわついた階段教室で、ノートを広げながら桃子に尋ねると、

「じゃあ、江藤君はなんで哲学を選んだの？」

と逆に聞き返してきた。

「僕はその、哲学ってさ、要するに生きるための原理というか根本だろ。それを学んでから何をするか決めたかったんだ」

「それじゃ私も同じ」

「そんなのずるいよ。それなら、哲学を専攻すればよかったじゃないか」

「うん、でもね。なんか、パンフレットに書いてあった言葉、気に入っちゃったのよね。今の社会ってさ、高齢化とか、女性の社会進出とか、情報化とか、どんどん変化してるじゃない。そういう転換期の問題を解決する鍵があるように思えたの。生命観や人間観、倫理観も含めて価値観の多様化した時代に、人間はどう生きたらいいのかって。それがわからないと、進むべき道も見えてこないような気がしたのよ」

「それが見えてきそうなコピーだったの？」

「うん。難しい言葉だったから覚えてないけど、でも、そう感じられる言葉だった」

「そうかー。ほんというとさ、僕は哲学でも何でもよかったんだ。取り敢えず大学へ入れさえすれば。でも、そろそろ考えなくちゃな。小説でも書くか」

僕が何気なく呟いた言葉に、桃子は吹き出しそうな顔をして、

「それなら、文学を専攻すればよかったじゃない」

といいながら、シャープペンをくるくる回した。

「別に哲学だから小説を書いちゃいけないって、決まってないだろ」

「まあね。そういえば井上靖も哲学だったかな。要するに才能だもんね。それが問題よね」

といって僕を見た桃子の眼は、明らかに僕を馬鹿にしていた。

翌日から僕はがむしゃらに小説を書き始めた。僕は滅多に腹を立てることはない。しかし、桃子のあの眼は許せなかった。桃子の鼻を明かすためにも、小説を書かなければならない。そんな不純な動機で、僕はおかしなくらい闘志が湧いてくるのを感じた。アルバイトをする気力は湧いてこないで、小説のことばかりが頭にあった。これはあの学堂のせいなのだろうか。僕はふと学堂を思い出し、小説を書く極意のようなものを聞いてみようと思った。

学堂はいつものようにベットに腰掛けながら、「う～ん」と腕組みをして窓外へ視線を移した。

「私は小説で成功した人間ではないからね。極意といっても、君に授けられるようなものは持ち合わせていないよ。生憎だけど」

そういって学堂は自嘲するような笑みを浮かべた。その自虐的な言葉は悲痛な叫びにも似て、僕が学堂を頼ったことを喜びながら、それに応えられない自分の不甲斐なさを責めているようにも思えた。

「それに私の小説観など、今の時代には合わない。私が今の小説を受け入れられないのと同じだ」

学堂はそういって、淋しそうに笑った。

「いえ、そんな難しいことじゃなくて、その、初歩的なことでいいんです」

と僕が上目遣いで学堂の顔を見ると、

「それなら、好きな作家の小説をたくさん読むことだ。最初は真似事でもいい。そのうち自分のものが書けるようになるよ」

学堂はそういうと話題を変えた。自分のことや小説のことは、あまり話したくないようだった。しかし小説以外の話となると、なかなか共通点が見つからない。

沈黙が続くと奥さんが口を挟んできた。奥さんは話し始めると淀むことがない。最近のアイドルのこともよく知っていたし、若者に対する興味も尽きないようで、話題には事欠かなかった。

そして僕の好物を聞きだし、次はいつ来るのかを尋ね、その日には好きなものをテーブルの上いっぱいに並べてくれた。こんな暮らしの中で、僕を精一杯歓待してくれる。それがまるで生甲斐でもあるかのように……。

僕は悪いと思いながら、食費に困ると学堂の家を尋ねた。そのうち余裕がある時でも奥さんの好意を当てにするようになった。ひとりで食べるコンビニ弁当より、三人でつつく鍋の方がずっと美味(うま)かったから。それがたとえ牛肉ではなく、一人一〇〇グラムに満たない豚肉であっても……。僕は知らず知らずのうちに深みに嵌(はま)っていた。

三

ゴールデンウィーク、僕は兄の結婚式のために再び郷里へ戻った。兄は紋付袴、兄嫁は白無垢という昔ながらの装束で、料理は和食、神前での結婚式だった。こんな時ばかり集まってくる親戚の人たちに、僕はいちいち挨拶をさせられ、

「和也か。今、どうしておると」

と聞かれる度に、現在の僕の生活状況を報告しなければならなかった。そしてその度に、兄と比較されるような言葉が相手の口から飛び出してくる。姉の方はといえば、何やら調子よく動き

まわり、

「あんた、勤めはどうしたん」

「まだ嫁にいかんね」

という自分に向けられるであろう叔母たちの非難めいた言葉から、うまく身をかわしていた。

一方、下戸の兄は祝いの酒を拒むこともできず、真っ赤な顔でふぅふぅいいながら杯を空けていた。時々余興が入り、今時流行らない謡いや舞踊が披露され、その度に列席者から歓声が上がる。視点の定まらない眼差しで兄はそれを見つめ、嬉しそうに笑っていた。

「よう、和也じゃなか」

桃子と結婚する時のことを思い浮かべてぼんやりしていると、ふいに肩を叩かれた。見覚えのない男だった。

「わしじゃ。片瀬の叔父じゃ」

「ああ……」

僕は何となく思い出した。この叔父は若い頃放蕩者で、親戚中から総すかんを食っていた人だ。いつ頃から付き合いを再開したのだろう。

「まあ、一杯飲め」

叔父はそういって、持っていたビール瓶を差し出した。

「僕は、その、まだ未成年じゃけん」

グラスを掌で塞ぐと、叔父はしょぼくれた顔で溜息をつき、じゃあなといって手を振る真似をした。心なしか足をひきずっている。放蕩を尽くしていた頃の古傷でもあるのだろう。

本当をいうと僕の誕生日はすでに過ぎており、法律上問題なく酒の飲める年にはなっていたのだが、それほど強い方ではなかったので、この日は一切飲まないことにしていた。親戚中から厄介者扱いされている叔父であれば尚更である。こんな時姉がいてくれれば心強いのだが、隣に座っている筈の姉は何だかんだと理由をつけて席を空けている。父や母も知人に酌をするために席を離れていて、僕の周りには誰もいなかった。

それほど腹も減っていない。時計を見ると三時を少し回ったところだ。何でこんな中途半端な時間なんだ。そうか、急に式場を手配したので、こんな時間しか空いていないのだと兄がいっていたのを思い出した。小腹がすいたので、少し前に饅頭を食べてしまったのが仇になった。仕方なく刺身を口に入れてみたが、あとは箸が進まない。ウーロン茶を取ろうとすると、

「よう、和也」

どこからともなく現れた片瀬の叔父が、姉の席に座り込んで僕のグラスにウーロン茶を注ぎ、

「こうして見ると、いいもんじゃね」

と新郎新婦を指差した。

「わしは結婚せんじゃったけん、史也が羨ましか」

それは自業自得というものだとはいえない。

「今は何をしちょられるんですか」

「わしか。わしは工事現場で動いちょる。真面目にやっちょるよ。ほじゃけど、この年ではいささかきつか。何かなかかねぇ、楽して稼げるよか仕事」

叔父は父に仕事を世話してもらいたいのだろうか。

「和也のおとんとおかんは偉か。三人も子供ば育てて、ちゃんと家を守っちょる。長男じゃけん、当たり前といえば当たり前かもしれんが、その当たり前が難しかよ」

僕はただ頷くしかなく、黙って叔父にビールを注いだ。

「そうじゃ。友部いうのは和也の同級生か」

「友部（ともべ）幸久（ゆきひさ）？」

「おお、それよ」

叔父が何でそんなことを知っているのか不思議だった。

「そいつ、今わしと同じとこで働いちょる」

「はっ」

僕は叔父が勘違いしているのだと思った。友部は僕と違って優等生だったし、特に親しかった訳ではないが、九大に合格したと聞いている。それが何で、この叔父と同じ工事現場で……。

「あまり話はせん奴でな。たまたまこの前、昼飯を奢ってやったと。そん時高校の名前を聞いて、お前を思い出した。そいで、江藤和也を知っちょるか聞いたんじゃ」

「そしたら？」

「頷いちょった。それだけじゃ」

叔父はぐいとグラスを空けて、手酌でビールを注いだ。

「友部は九大に合格して大学へ行った筈じゃけど、その人、本当に僕の知っちょる友部じゃろか」

僕が不審な顔をすると、叔父は「さあな」というように首をすくめて見せた。

翌日、僕は叔父の働いている工事現場へ出掛けていった。友部のことが気になったのである。

工事現場はアイランドシティの近くにあった。クレーンやドリルの音が鳴り響く中で、僕は作業が終わるのを待った。叔父には四時頃終わる予定だと聞いていたので、少し前に門のところで待っていたが、叔父が友部と一緒に出てきたのは、四時半を少しまわっていた。それは確かに友部幸久だった。

友部は叔父から何も聞かされていなかったらしく、初めは驚いた様子だったが、覚悟を決めたように「久しぶりだな」と挨拶した。僕が少し話がしたいというと、

「んじゃ、わしゃあ、これ行くけん」

と、酒を飲む仕草をして叔父が手を振った。僕も頷いて手を振り、友部と一緒に近くの公園へ行った。カラフルなコンクリートの低い塀が曲線を描く整備された公園のベンチに、僕は友部と並んで腰掛けた。

「お前、俺といて、平気なんか」

「え、何で」

「いや、それならよか」

友部は汚れた作業服を気にしているようだった。確かに初めはこの公園に人影がなくてほっとしたが、どこまでも続く青い空を見ているうちに、作業服のことなどどうでもよくなっていた。

「日が伸びたんじゃゃね」

友部が眩しそうに空を仰いだ。目の前に広がる博多湾。その入り江を囲む陸地には、超高層ビルが競うように並んでいる。

「あのビルのどこかで、働く筈だったんよ。俺」

友部は苦笑しながらいった。日焼けした端整な顔が少し歪んで見えた。

「九大へ行ったって、聞いたけど」

「ああ、行った。二ヶ月くらいね」

「何でやめたん」

「おとんの会社が潰れたんよ。それからはさんざんじゃった。退職金は出んし、給料は未払いだし。それに」

「それに?」

「おとん、去年の夏、死んだんよ。肝臓癌……。わかってから、あっという間じゃった」

そういって友部は声をつまらせた。僕は何をいっていいかわからず、視線を落として芝生を見つめていた。

「お陰で家のローンは払わなくて済んだばってん、俺が働くしかなかじゃろ。弟や妹もおるし。おかんは身体弱いし」

「そうか。知らん間にいろいろあったんやね」

「東京はどうね」

友部は小石を拾い、海に向かって投げた。遠くの方に微かな音がして、小さな飛沫が上がった。

「冬は寒か。風がきつかよ。人ば多くて、どこへ行くにも大変たい」

「そうね」

「ああ……。あと、作家の爺さんと知り合いになって、その、文学の話とか、いろいろ」

「江藤は何になりたかかと」

友部に聞かれて、僕は咄嗟に答えられなかった。しばらく考えてから、

「まだわからん」

というと、友部はまた「そうね」といっただけで、それ以上聞こうとしなかった。ただ、「これから夜のバイトがあるけん」といって手を振った。その顔にはどこか表情がなかった。感情を押し殺したような、冷たい感触だった。背を向けた友部に僕は思わず、

「携帯の番号、聞いてもよか」

と問いかけた。しかし、友部は首を傾げただけだった。

「また、会えるじゃろ」

「何で」

「何でて。会いたいんよ」

僕は何故か以前より友部に親しみを感じていた。遠くにいた優等生が近寄ってきたような気がして。だが、

「俺は会いたくなか」

突然突き飛ばされたような衝撃だった。

「俺はもう、お前に会わん。会いたくなか」

「何で」

今度は僕が聞く番だった。以前から特に親しかった訳ではないが、たとえ友部が僕を嫌ってい

たとしても、そんないい方はしなかった筈だ。以前の友部なら。

「当たり前のように大学を出らるるような、そんな境遇の奴にはわからん」

投げつけるようにいった友部の顔は、今まで僕が見たこともないような、刺々しい表情をしていた。

「俺は聖人君子じゃなか。大学を出た奴等に対して、僻むないうても無理な話じゃ。俺は一生僻みながら生きていくと」

「大学を出たとか出ないとか、友達じゃけ、そんなこと関係なか」

友部は僕の言葉を嘲笑うように、ふんと鼻をならした。

「だから、わからんいうんじゃ。大学を出た奴等とは生涯賃金が違うんよ。俺より頭の悪か奴が大学ば出て、いい会社へ就職しよる。そして、俺より高い賃金を貰うようになると。お前のように何の目的もなく、ただ漠然と大学ば出ても、そいでも俺より偉くなりよる。挙句は俺を見下すようになるんじゃ。これが耐えらるるっとか」

友部はコンクリートの塀に拳をぶつけ、

「何で、何で俺が……」

拳に血を滲ませながら大粒の涙を流した。

生きる

一

　東京の生活に戻ると、僕は友部のことを忘れた。自分のなまくらを棚に上げて、あんな僻みっぽい奴は駄目な奴だ、自分の境遇を恨んで生きてるような奴は一生うだつが上がらない最低な奴だと見下した挙句、次第にその存在を忘れていった。

　それより僕の心を捉えていたのは桃子である。兄が結婚したのを見て、僕も桃子を意識するようになった。しかし、将来の伴侶を決める前に、食べていく方法を探さねばならない。するとどうしても小説へ辿り着いてしまう。他の職業は思い浮かばなかった。

「和也」

　ぼんやりキャンパスのベンチに腰掛けていると、桃子に後ろから肩を叩かれた。

「小説は書いてるの」

　桃子は冷やかすようにいって、僕の後ろから前にまわってきた。目の前に立つと、桃子のフレアスカートが風に揺れて、時々中まで見えそうな気がする。僕は思い切り視線を上に向けた。

「ぼちぼちね。とにかく座れば」

桃子は嬉しそうに頷いて僕の隣に座った。何だかわからない甘い香りが僕の鼻孔を刺激する。

「じゃ、これあげる」

桃子はショルダーバッグから「公募ガイド」という雑誌を取り出して、僕に差し出した。

「何、これ」

「何って、小説、応募してみたら」

僕はその雑誌をぱらぱらとめくってみた。いろんなジャンルの募集要項が載っていて、その中に小説もあった。

「和也の小説に合いそうなところへ応募してみればいいじゃない。駄目もとで」

「うん。でもまだそこまでいってないんだ。もっと頑張らなきゃ」

「じゃ、今度遊園地とか行かない？　小説のネタ探しに」

「小説ネタ？」

「だって、どうせ恋愛小説でしょ」

僕は何だか不愉快だった。桃子のことはたぶん好きなのだと思うが、小説の中にまで踏み込んで欲しくなかった。それに遊園地へ行くといっても、先立つものがない。

「そうだ、バイトしなくちゃ」

そういって立ち上がると、

「何なのよ」

桃子は頬を膨らませて僕を睨みつけた。

「これ、有難う。貰っとくね」

恨めしそうな顔をしている桃子を尻目に、僕は光溢れるキャンパスを後にした。

本当はもう少し桃子と一緒にいたかったのだが、一緒にいればいるほど、欲望を抑えきれなくなりそうな自分が怖かった。万が一、桃子が僕のアパートまでついてきたら押し倒してしまいそうな気がした。

僕は稼げる男になるために、というより、小舅になって実家へ帰りづらくなったために、二年目の夏休みは東京で過ごすことにした。そして余計な欲望を払拭するために、がむしゃらに働き、がむしゃらに書くことにしたのだ。

まず、ファーストフード店でアルバイトを始めた。仕事自体それほど難しいものではなく、大抵の人間が難なくこなせる仕事だ、と思っていた。しかし、「いらっしゃいませ」と「有難うございました」がいえない。「もっと明るくトーンを上げて」と店長から指導される度に冷や汗を掻いた。その言葉を発するのに相当な気合が必要だったにも拘らず、自分の声がどこか間の抜けているような気がして、その度に落ち込んだ。僕はくたくたになり、帰ってくると小説を書く気力も失せてしまっていた。僕はそのバイトを一週間でやめた。

次に見つけたのは機械部品の工場だった。接客業でなければいいのだ。そうすれば他人と口を利く必要もない。仕事は単調な流れ作業で、決められたことを黙ってやっていればよかった。しかし、その八時間労働が意外にも長かった。単純な作業であるにも拘らず、少し気を抜くとミスをしてしまいそうで緊張感が続く。休みは午前と午後に十分ずつのトイレ休憩があるだけで、あとは昼休みしかない。おまけに周りにいるのはパートのおばさんばかりで、休憩が入る度に何かやと話しかけてくる。そしてよく食べ、よく笑う。親切にしてくれるのは有難いのだが、僕は何となく苦手だった。

それでも今度は簡単にやめられない。仕事が終わるとコンビニで弁当を買って帰り、夜は小説を書いた。長時間拘束された生活の反動で、パソコンに向かうと猛烈に闘志が湧いてきた。が、それも長くは続かなかった。次第に昼間の緊張が解けると無気力になり、眠くなった。そして桃子の顔が浮かんだ。

結局そのバイトも三週間でやめ、夏休みも終わりに近くなった頃、僕は学堂を訪ねた。書くことにも行き詰まってしまったのだ。

「お父さんがあんなことさえいわなければ、冴子だってアメリカになんか行かなかったのに」

開放廊下の小窓の隙間から、奥さんの興奮気味の声が漏れていた。僕はチャイムを押してよいかどうか迷って立ち竦んだが、向こうから誰かやって来るように見えた。迷った挙句、怪しまれても困ると思い、僕はチャイムに手を伸ばした。

「あら、江藤さん、久しぶりね。九州へ帰ってたんじゃないの」

「今年はこっちでバイトです」

「そう。それなら電話してくれればよかったのに」

奥さんは戸惑い気味に僕を招じ入れ、あわてた様子で麦茶を入れてくれた。学堂はいつものようにベッドに腰掛けていたが、奥さんは学堂の横へ座らずに、少し離れたところに正座した。蒸し暑さだけが肌を刺激する。

「クーラーでも入れるか」

学堂が立ち上がってクーラーのスイッチを入れ、ベランダ側の窓を閉めた。奥さんも廊下側の窓を閉めにいった。それでもまだ気まずい空気が流れていた。

「本を捨てろというのでね」

学堂がぽつりといった。

「だって、何の役にも立たないじゃありませんか。もう、書くこともないんだし」

奥さんはそういうと、

「こんなに狭くちゃ、娘が帰って来たって、寝るところもないでしょ」

と、賛同を求めるように僕の方へ視線を向けた。僕は首を縦にしてよいものかどうかわからず、斜めに傾けた。

「昔はここで三人寝てたんだ」

学堂の眼はいつになく鋭かった。

「冴子は今一人じゃないんですよ。勉だってもう大きいんだし。雑魚寝なんて嫌がりますよ」

「もっと要らないものがあるだろ」

学堂はたぶん、そこら中に散らかっているゴミのことをいっているのだと思った。

「要らないものなんてありませんよ。みんな生活に必要なものなんですから」

奥さんにとってゴミは必要で、自分には関係のない書物は不要なのだろう。

「冴子はもう帰って来ないよ」

「そんなことありません。お父さんが死んだら帰って来ます」

学堂は一瞬むっとした様子だったが、僕の方をちらと見ていった。

「君が貰ってくれると助かるんだが、持っていくかい」

「そうよ、江藤さん、ちょうどいいところへ来てくれたわ。好きなだけ持ってってちょうだい」

「はあ……」

僕が貰うことでこの場が丸く収まるのならとも考えたが、とても無理な話だった。

「有難い話なんですが、僕のアパートでは」

と視線を落とすと、学堂は苦笑した。

「学生さんのアパートには入りきれないね」

「いえ、あの、友達に相談して。もし駄目でも、僕が働くようになって今より広い部屋へ移れたら、きっと戴きに上がります」

「無理しなくていいんだよ。でも、そうしてくれると有難いが」

学堂は少し安心したような表情をした。奥さんも気が済んだのか、いつもの調子を取り戻し、羊羹を出してきた。

「江藤さん、お祖父様やお祖母様はいらっしゃるの」

「いえ、祖父母は十数年前に他界しました」

「そう。じゃあ、あまり覚えてないわね。随分お若かったんでしょう」

祖父母の記憶は残っているが、改めて聞かれると、果たしていくつだったのか思い出せない。が、少なくとも七十歳前後だった筈だ。

「それくらいがいいね。あまり長生きすると、いいことはない。若いもんだって迷惑だろ」

学堂は皮肉めいたことをいった。

「お父さん」

奥さんはまた暗い顔になった。僕はなるべく明るい話題に変えたいと思い、

「兄が五月に結婚したんです」

というと、

「それはお目出度いこと」

と奥さんはにっこりしたが、

「今時の若いもんは結婚しないからね」

学堂がまた話に水を注した。

「で、お嫁さんて、どんな方」

と奥さんが聞くので、兄が学生時代に知り合った非の打ち所のない美人だと答えると、

「じゃあ、大学を出ているのかね」

と学堂が聞いてきた。そうだと答えると、

「なまじ女が教養を身につけて自立できるようになると、すぐに離婚したり、子供を産まなかったりするものだ。女は馬鹿な方がいい」

と、まるで大学出の兄嫁を貶(けな)すようないい方をした。

「兄嫁はそんな人じゃありません。第一、もう妊娠してますから」

「あら、じゃ、できちゃった婚?」

奥さんが目を丸くしていった。僕がちょっと恥ずかしそうに頷くと、

「いいわねぇ。いつ産まれるの？」

と食いついてきた。

「たぶん、もうすぐだと思います」

「江藤さんのお母様が羨ましいわ」

この人はたぶん、娘や孫と一緒に暮らしたいのだ。そしてひ孫を抱きたいのだろう。

「この先どうなるかねぇ。その人は年寄りの世話などできるのかな」

奥さんが羨ましがるほど、学堂は捻くれた物言いをした。

「長男の嫁になることを承諾してくれた人ですから、大丈夫だと思います」

僕は何故か兄嫁の肩を持った。順子さんはほとんど未知の人だったし、わからないことも多いのだが、どこかで自分の身内は良く思われたいという本能が働いたのかもしれない。

それからも学堂は僕が明るくしようとする話をすべて暗いものにしてしまった。そして僕が帰ろうとすると、小さな声でぽつりと囁いた。

「娘は私たちと関わらない方が幸せなんだ」

独り言ともとれる学堂の言葉の意味が、その時僕にはわからなかった。

それぞれの事情

一

しばらくして僕は再び郷里へ戻った。兄に女の子が産まれたのだ。

「悪かったな。折角バイトしちょるのに」

兄は照れながら、嬉しそうにいった。

「なあに、たいしたバイトじゃなか」

僕はむしろ兄に感謝していた。ひとり東京で頑張る決意はこのところ弱体化していて、働くことも書くこともできないでいたのだ。だから母から兄の子が産まれたと知らされた時、渡りに船とばかり、何の躊躇もなく戻ってきてしまった。

「あれじゃ、あれがそうたい」

乳児室のガラス越しに、兄は赤ん坊を指差した。みな示し合わせたように万歳をした赤ん坊が、小さな口を開けて泣いている。すやすや眠っている子の隣で指をしゃぶっているのが兄の子供らしい。女の子と聞いていたが、この段階で男とか女という区別は難しかった。やたらと手足の短い、これまで見たこともない変な生き物がずらりと並んでいるおかしな光景だった。どう見ても可愛いとはいえない。それでもこんな時、「可愛いね」のひと言くらいいわなければならないのだろう。

「可愛い、かな」

僕は首を捻りながらそういった。

「ああ。自分の子じゃと思うと、なんか可愛か」

兄は手放しで喜んでいる。この子が嫁に行く時、どんな顔をするのだろう。僕はその時のことを考えてにやりとした。

「お前はいい奴たい。皐月なんぞぶらぶらしちょるくせに、ろくに顔も出さん」

兄はそういって僕の肩に手をかけた。姉と順子さんの仲がうまくいっていないのだろう。

「和也、来とったと」

割烹着をかけた母が病室から出てきた。僕の顔を見た母は何を思ったのか、乳児室を覗き込み、

「今に可愛くなっとよ」

と僕に視線を移して笑った。そして、

「ちょうどよか。あんた頼まれてくれんね」

と財布を出して一万円札を僕に渡した。

「さっき、お父さんから電話のあったと。寿美子さんが来とるいうんよ。もうちょっとしたら買い物して帰るけど、待てんようやったら、これでお寿司でもとってちょうだいいうて」

「寿美子叔母さん、来とると」

「そげね。史也が結婚してから、今まで遠かった親戚がやたらと来っと」

寿美子叔母さんは父の一番下の妹で、一度嫁いで離婚した。父とは一回り以上も年が離れている。家に帰るとその叔母が、ジョーゼットの花柄ワンピースに派手な化粧を施した姿で出てきた。

「史也の結婚式以来じゃねぇ。東京はどげね」

香水の匂いが部屋中に立ち込めている。

「どうもなか」

僕は母からの言伝てを父に伝えると、庭へ降りた。立秋の声を聞いてからひと月も経っているのに、相変わらず太陽はぎらぎらしている。それでもひと頃に比べると暑さは和らいでいた。

「ここは潮風が強うていけんね」

砂場に腰掛けていると、叔母がサンダルを突っ掛けて庭へ出てきた。姉は縁側で履物のなくなった靴脱ぎ石を見つめ、玄関をまわってやってきた。

「でも、涼しかよ」

僕がそういうと、

「あとでべたべたしよっと」

両腕を擦りながら叔母がいい、姉と二人で太陽に背を向けて座った。砂場といっても、砂は跡形もなくなって、地面が剥き出しになっている。その枠組みだけが、わずかに砂場を偲ぶようすがになっていた。

「嫌じゃったら、家の中におればよかと」

「家の中も飽きたけん、外の空気を吸いたかったんよ。ここはサロンみたいでよか」

砂場の窪みと枠組みが腰掛を形成していて、藤棚を屋根と見立てればちょっとした東屋だ。

「昔はこっちに池もあったんよ」

姉が小便小僧の方を指差していった。

「そうそう、あったと」

叔母が頷くと、

「この馬鹿が落ちよって」

と姉が僕の方を見た。僕には記憶がないのだが、小さい頃池に落ちたそうで、そのために埋められてしまったのだそうである。そして池の傍にあった小便小僧だけが残った。ぽつんとひとり、調和しない場所にあるのはそのためだ。

「寿美子叔母さんも出産祝いに来たと」

　僕が聞くと、叔母は首を振った。

「何とのう来てみたら、産まれたちゅうて騒いどるけん、帰ろう思とったんよ」

「何で帰るん」

「何でて、赤ん坊なんて見たくなか」

　隣で姉もしきりに頷いている。叔母は嫁いだものの、子供も産まずに離婚し、四十半ばになる今日まで独身を通している。最近では開き直っているが、それまでは周りから、出戻りだの不生女（うまずめ）だのといわれていた時期があった。「何で結婚せんの」「子供産まんの」といわれる度に叔母は背を丸め、小さくなっていたのだ。仕事を持ち、成功した今でも、そのことはコンプレックスになっているのだろう。

「昔のことなんぞ気にせんでよか」

　と僕がいうと、

「気にすっと」

　と語気を強めたのは姉である。

「あたしも婚活しよう思うとる」

「婚活?」

「そうたい。叔母さんになったとよ。邪魔者たい」

「でも、一生ここにおるんじゃなかと」

「そういうたけど……」

姉は叔母と顔を見合わせ、二人は示し合わせたように頷いた。

「あたしの目の前で、平気でいちゃいちゃしよるし、おとんもおかんも順子さん順子さんいうて、機嫌ばっかりとっちょると。あたしはいつも除け者たい。おまけに孫が産まれたんじゃから、あたしの居場所はなかでっしょ」

「そうたい、そうたい」

叔母は姉のいうことにいちいち相槌を打った。おそらく父が母と結婚した時、叔母も同じ思いをしたのだろう。姉と叔母はすっかり意気投合したようだった。

「だから、婚活？　本当に結婚する気あるん」

僕が疑わしそうな眼差しを向けると、姉は視線を落として力なく頷いた。

「無理に結婚せんでも、就職したらよか」

と僕がいうと、

「中途半端に就職しても仕様のなか。早う結婚した方がよかよ」

と叔母が口を挟んだ。叔母がいうには、女が家庭と仕事を両立させるのは容易なことではない。家庭と仕事のどちらかを選ぶとしたら、やはり女は結婚の方がいいというのである。

「なら、寿美子叔母さんは何で結婚せんと」

「この！　また蒸し返すと。私のことはどうでんよか。とにかく、まだまだ日本は男社会じゃけ、女が一人で生きていくのは並大抵でなか。専業主婦がよかよ」

僕は納得のいかないまま黙り込んだ。これ以上口答えすると、大変なことになりそうな気がしたからだ。

「私等が成人する頃、男女雇用機会均等法ちゅうのができたじゃろ。女も男と同じに働けるちゅう建前じゃったけど、本当の意味での男女平等じゃなかけん、女は余計大変になったと」

叔母は結婚しても仕事を続けていた。しかし男女雇用機会均等法ができて男女平等が謳われるようになると、職場の男たちは女たちに残業を迫るようになった。男女平等なら、男と同じように働けというのである。そのくせ家に帰れば、家庭のことは一切女の仕事だった。遅く帰ってきた女房をねぎらうでもなく、夫は早く食事を作れといった。

「家事もしましょう。子供も産みましょ。そして仕事もやりまっしょ。おまけに親の介護もなんて、スーパーマンじゃなかよ。そりゃ、いろんな環境や条件が噛み合って、むろん体力や能力もあって、立派にやってる人もいるかもしれんけど、普通に凡人が同時進行できることじゃなか。で、何や、結局女が大変なだけじゃ、って悟ったと。私は女の人生に失望したとよ。だから男として生きていくと」

叔母は時々何かを思い出したように、興奮気味に言葉を吐き出した。僕は反発もできず、同調もできずに生返事を繰り返し、

「でも、男として生きるちゅうても、嫁さんを貰うわけにいかんじゃろ。家庭を持って、子供を作るちゅうのは無理じゃなか」

と不用意なことを呟いた途端、

「当たり前じゃがね。だからどこまで行っても、男と女は平等じゃなか！」

僕の頭に雷が落ちた。この叔母と姉を見ている限り、男尊女卑という言葉は死語になりつつある。父の代ですべて終わったのだ。

「ああ、腹の立つ。もう帰るわ」

叔母は一人で怒りをぶちまけた挙句、帰っていった。

二

叔母が帰る時、僕は駅まで送っていった。というより、半ば強制的に送って行かされた。

「和也、あんた暇でっしょ。駅までついて来んしゃい」

と叔母に命令されたのだ。僕はそれに逆らえなかった。何をいい出されるかと冷や冷やしなが

らついていくと、叔母は大きく背伸びをし、僕を見て微笑(わら)った。

「若い男と二人で歩くのは久しぶりたい」

「はっ」

僕は一応男として見られていたのだ。これは意外な発見だったが、手放しでは喜べない何かがあった。それでも、さっきまでの叔母とは違って妙に女っぽく、優しかった。よく見れば、なかなかの美人でもある。そして何より、親子ほどの年齢差を感じないほど若々しく輝いていた。

「晩御飯、食べていけばよかとに」

僕は母からの言伝てを思い出してそういった。父もわかっていた筈なのに、引き止めようとしなかった。

「晩御飯食べに来たわけじゃなか。兄さんにも迷惑かけたくなかじゃしね」

「迷惑なんて」

思っていないといおうとして、僕は少し躊躇った。父も本当は叔母に帰って欲しかったのかもしれない。順子さんは実家が近かったこともあって、里帰りせずに婚家で出産する形をとった。だからこのところ何かと物入りだったし、母も祝い客の応対やら退院後の準備やらで多忙を極めていた。

「そうだ。寿美子叔母さんなら知っとるやろ」

「何」

「片瀬の叔父さんは、何で江藤を名乗らんと」

「ああ、片瀬の兄ね。兄は幼い頃、養子に出されたと」

江藤の家は炭鉱が閉鎖されてから、貧しい時代を生き抜くために叔父を養子に出した。

「俗にいう口減らし」

叔母はそういって、ひとつ小石を蹴った。

「結構いい家じゃったんよ」

養父母は優しい人で、何不自由なく叔父を育ててくれたのだという。

「中学の時、養子じゃいうことがわかって、兄はぐれてしもうたと。甘えてたちゅうこともあるやろうけど、どうやら学校でいじめられたみたいやね」

その後叔父は放蕩を尽くし、養家を潰してしまった。それに前後して養父母も亡くなったのだという。

「それで鼻摘み」

叔母はそういって真っ赤な夕焼けの空を見上げた。

「そげん、悪か人には見えんばい」

「そう、運が悪かっただけたい」

叔母の言葉はどこか乾いていた。幼い頃、一緒に育てられなかったせいなのか、十歳も年上の兄には関心がないのか、まるで他人事のようにいった。

「寿美子叔母さんは、養女に出されなかったと」

「私が生まれた時には家の経済事情も変わっとったし、小学校に上がる頃には兄さん、ああ、あんたのおとんね、智也兄さん。もう働いとったと。私は運がよかとよ」

そういってにっこりしたかと思うと、思い返したように顔を曇らせた。

「その分、あんたのおとんには頭が上がらんけん、嫌々嫁に行ったと」

親代わりになって育ててくれた父には逆らえず、父が決めた相手と仕方なく結婚した。そして離婚したのだ、といってから、叔母は時計を見た。

「いかん。乗り遅れるわ」

いきなり早足で歩きだし、歩きながら僕を振り返った。

「もうここでよかよ。話ができてよかったと。あんたももう大人やからいうたんよ。兄さんに余計なことはいわんでね」

というと、僕の返事も待たずに手を振り、土手の道を走り出した。僕は何だか取り残された気分で立ち尽くしていたが、叔母の姿が小さくなると踵を返し、その足で叔父と友部が働いている工事現場へ行った。叔父の話をしたことで、友部を思い出したのだ。友部にはもう会いたくないといわれたが、何故か気になって仕方なかった。

日が暮れてしまったためか、工事現場の門は閉ざされ、虚ろな街灯だけがアスファルトを照らしていた。しばらく門の辺りをうろついていると、叔父が同僚と一緒に出てきた。

「何や、和也じゃなか。どげんしたと」

叔父はそういって、真っ黒に日焼けした顔で近づいてきた。叔母に話を聞いたせいか、以前とは印象が違う気がした。

「いや、その、友部に……」

「お前、何も聞いちょらんとか。あいつ、二ヶ月前にやめてしもうたとよ」

「やめた？」

「ああ。二十歳になったけ、夜のバイトに本腰入れるちゅうてな」

「そうね。そのバイト、どこか知っちょる」

叔父は首を傾げたが、

「たぶん、あの辺りじゃろ」

と、やたらと派手なネオンが瞬く一角を指差した。そして、

「お前もいくか」

と酒を飲む仕種をした。僕はあわてて手を振り、

「未成年じゃけ」

と断ると、叔父は一瞬首を傾げたが、「んじゃ、気をつけて帰れ」と連れの男を促して去っていった。叔父たちが行くのは一杯飲み屋だ。

僕はネオンのある方角を見つめた。あの辺りにどんな店が並んでいるか凡その見当はついたし、僕が足を踏み入れるべきでない場所であることもわかっていた。このまま帰る方がいい。そう思いながら、僕の足はネオンの方へ向かって歩いていた。

ネオンが明るさを増してくると、がなり立てるような音があちこちから聞こえてきた。パチンコ屋から流れてくる軍艦マーチ、キャバクラから流れてくるムード音楽、その店の前で呼び込む男の声。騒然とした中を人が流れ、酒臭い息を吐きながら通り過ぎていった。

「お兄ちゃん、どこから来たと」

きらきら光るドレスを着て、目の周りを真っ黒にした女の人が、僕に声をかけてきた。黙って下を向くと、

「うぶじゃねぇ。可愛か。寄っていかんね」

と僕の腕に手を回してきた。僕はそれを振り切って駆け出し、路地裏へ逃げ込んだ。狭い路地は冷房の室外機から噴出す熱風でサウナのようだった。友部のことはもうどうでもいい。早く家に帰らなければ……。

路地の出口に辿り着くと、また広い通りがあって、目の前にはお城のように立派な西洋風の建物がネオンをチカチカさせていた。その店の前に立つ黒服の男が、

「五千円ぽっきり飲み放題で、八時から小宮山洋二の歌謡ショーが始まります。どうぞ今のうちによいお席を」

と道行く人に声をかけている。僕はその声に聞き覚えがあった。

「友部……」

それは確かに友部だった。僕には気づかぬ様子で、通り過ぎる人の波を追っている。僕は呆然とそれを見つめていた。高校の頃の高潔なイメージ。いずれは栄光を背負って立つ人物になるであろうと、誰もが信じて疑わなかった学年トップの優等生は、いったいどこへ行ったのだろう。僕が手を伸ばしても届かないものを、たくさん持っていた筈なのに……。

僕は踵を返して路地裏へ戻った。すると、後ろから肩を叩かれた。

「江藤、お前ここへ何しに来たと」

いつの間にか友部に見つけられたらしい。

「いや、その、ちょっと、叔父さんば……」

探しに来たといいかけて口を閉じた。友部に嘘は通用しない。

「お前、俺を笑いに来たとか」

「そんな、そんなことはなか。道を間違えただけたい」

「ちょっと来んね」

友部は僕の腕を掴んで、ぐいぐい店の方へ引っ張っていった。

「なんばすっと」

「折角ここまで来たんじゃ。ショーでも見てていけばよかね。社会勉強じゃ」

「でも、おかんが心配するけ」

「電話でも入れとけばよか」

否も応もなかった。僕は強引に店の中へ連れ込まれ、端の方の席に座らされた。店内は薄暗く、酒やタバコや人いきれでむせ返っている。話し声はするものの、人の顔はよく見えなかった。

「これは俺からだ」

友部がコーラを持ってきてテーブルの上に置き、顔を近づけていった。

地下足袋姿からは想像もつかないような黒服に蝶ネクタイ。僕の頭の回路は混乱していた。

「店長には友達が来たといってある。ショーを見たら帰ればよか。女の子はつけんけ」

友部の言葉に僕は何度も頷いた。女の子などつけられてはたまらない。無事に帰れればそれでいい。慣れてきて周りの様子が見えてくると、目を覆いたくなる光景が飛び込んでくる。

「こんな格好で来てよかったと」

普段着の自分が場違いのように思えた。

「気にせんでよか。誰も見てやせんけ」

友部はそういって僕の肩を叩くと、どこかへ姿を消した。

正面に小さなステージがあって、ベースとドラムとピアノだけのコンボバンドがジャズを演奏していた。知らない曲だったが、僕は次第に気分が高揚していくのを感じ、いつの間にかリズムに合わせて拍子をとるようになっていた。

そのバンドがフルバンドに入れ替わり、ステージがぱっと明るくなると、マイクを持った黒服の男が現れた。

「ショータイム！」

威勢のいい掛け声とともに駄洒落混じりのオープニング挨拶。それが終わると、前座の女性歌手が出てきて最近のヒット曲を歌い、やがて真打の登場となった。黒服の司会者は客に拍手を要求し、ホステスたちも一斉にステージの方へ視線を向ける。

「日邦の歌う大スター、小宮山洋二さんの登場です。どうぞ！」

ステージの袖にスポットライトがあたると、白のタキシードに蝶ネクタイを締めた小宮山洋二が颯爽と現れた。なるほどかっこいい。

「洋二さん！」

店内は再び拍手の嵐で盛り上がったが、日邦の大スターといわれても、僕には馴染みがない。父や母の時代のスターである。それでも、聞いたことのあるヒットメドレーが流れると、僕はステージに釘付けになった。少し甲高いが魅力ある声、そして堂々の歌いっぷり、人を魅了するパフォーマンスはその時代を知らない僕の胸をも熱くした。スローテンポからアップテンポの曲へ、あらゆる方向から音が流れ、照明の色が変わった。時折ストロボがステージを駆け巡る。

「アンコール、アンコール」

ショーが終わっても、興奮覚めやらぬ観客たちの声が店内に響いた。僕もすっかりその雰囲気に呑まれていたが、

「どう、良かったと」

友部が声をかけてきた。そして呆然としている僕の傍らに、ドンと弾みをつけて座った。

「あ、ああ」

「そうね。それは良かったと」

いってから友部は指先でぐるりと輪を描いた。

「ここで働いとる連中は大方人生の敗者たい。成功した奴が客としてやって来る。ここにはいくつもの人生の縮図があるんよ。俺はそれを見ているのが好きなんじゃ」

そして小宮山洋二も、ある意味人生の敗者だといった。

「だから、こんなところで歌ば歌うちょる」

そういうと友部は僕を店の裏手へ連れて行き、外へ押し出した。

「二度と来るな」

裏口のドアをバタンと閉めた。

友部

一

夏休みが終わり、新学期を迎えても、今度は友部のことが忘れられなかった。二度と来るなといわれたことよりも、店の前に立って呼び込みをしている友部の姿が脳裏に焼きついて離れない。高校にいた頃は大将的存在でみんなから頼りにされ、尊敬や羨望の的だった友部が、家の事情で大学へ行けなくなり、工事現場や盛り場で働いている。友部のプライドはずたずただったろう。

「和也、何考えてるの」

授業中、ぼんやり黒板を見つめている僕の耳元で、桃子の声が低く響いた。

「あ、いや、何も」

「手が動いてないじゃない」

この先生はやたらと黒板に文字を書く。いっぱいになると、前の方に座っている学生に黒板を拭かせ、またいっぱいになるまで書く。一時限の間にそれを数回繰り返すので、手を休めている暇がない、筈なのだ。

「申し訳ない」

授業が終わると、僕は桃子を片手で拝んだ。

「もう、しょうがないわね」

桃子はそういってノートを差し出した。

「そうだ、和也。素敵な喫茶店見つけたの。これから行ってみない」

「いいけど」

僕はその日、バイトの面接に行こうと思っていた。友部のことを忘れるために、バイト三昧で過ごすつもりだったのに、桃子に誘われると何故か承諾してしまう自分が情けなかった。

喫茶店は繁華な街並みの一角にある雑居ビルの地下にあった。盆燈籠のようなものに「源氏物語」と流麗な文字で書かれている。その看板の横に、格子戸があった。

桃子は得意気にそれを指差して引き戸を開けた。うっすらといい匂いが漂っている。

「いらっしゃいませ」

出迎えた店員が席まで誘導してくれた。こんな店に来るのは、中年のおばさんたちばかりだろうと思っていたが、意外に若いカップルが多かった。テーブルの周囲は雅な明かり障子で区切られていて、どのテーブルにもアロマキャンドルが灯されている。ＢＧＭは箏曲。天井や壁のインテリアも、「源氏物語」をイメージした優美な装飾が施されていた。

「よかった。今日は夕顔だわ」

桃子がキャンドルの脇にある小さな衝立を見ていった。テーブルにはすべて「源氏物語」の巻名がついているらしい。

「ね、ちょっといい雰囲気でしょ」

僕にはよくわからなかったが、確かにあの友部がいた店の雰囲気とは違う。同じ薄暗くても静謐な空気が流れている。みな小声で話しているようだった。

「和也、お抹茶でいい？　コーヒーもあるけど、折角来たんだし」

「ああ、任せるよ」

抹茶を注文すると、お薄と呼ばれる抹茶の他に和菓子がついてきた。

「これでいくら？」

僕は財布の中身が気になった。

「六百円」

これだけあれば一食分になる。

「いいわよ、今日は。ご馳走してあげる。昨日、バイト代入ったから」

「そう」

僕は後ろめたさを感じながら、桃子の好意に甘えることにした。

「夕顔ってね……」

桃子は「源氏物語」が好きなのだろう。夕顔にまつわるエピソードを語り始めたが、その言葉は僕の頭上を素通りしていった。友部にもいつか東京の町を見せてやりたい。こんな優雅な店や高級なレストランへ招待して、僕の奢りでたくさん楽しい思いをさせてやりたいと思った。でも、おそらく友部は喜ばないだろう。結局、僕の自己満足に過ぎないのだ。

「ごめん。ちょっと用事を思い出したんだ」

僕は桃子に手を合わせた。学堂に会いたくなったのだ。友部のことを考えると小説を書きたくなる。すると何故か学堂を思い出す。会っても小説が書けるわけではないが、それでも僕は学堂に会いたかった。

桃子は最初怪訝な顔をしていたが、やがて怒りの表情になった。

「和也なんて、もう二度と誘わないから」

「ごめん、ほんとにごめん。今度は僕がご馳走するよ」

僕は桃子を拝み倒してそこを出た。もう少し一緒にいてもよかったのだが、夕食の時間に食い込むのを避けたかった。

「あら、久しぶりね」

奥さんはその日、機嫌が良かった。写真を見ながら昔のことを思い出していたようで、部屋いっぱいにアルバムが広げてある。

「これがほら、娘が四歳くらいの頃。ご近所の方がね、撮ってくださって」

奥さんは写真を指差しながら僕に説明した。僕は畳に広げてあるアルバムを見るために、周りのものをどけて座り込んだ。

結婚してからのものだろうが、ほとんどがモノクロで、セピア色に変色している。可愛らしい娘さんの写真が並んでいたが、その中に僕の目を引くものがあった。一歳くらいの娘さんを抱いた学堂の写真だ。若いのも、髪があるのも当然だが、着流しに羽織を着た姿は時代劇に出てくる若様のようだった。

「これはまだ結婚したばかりの頃。五十年以上も前かしら。お父さん、御召しを着てるのよ」

僕の視線に気づいたのか、奥さんはそういって目を細めた。この頃の学堂は奥さんにとって自慢の旦那様だったに違いない。

「この頃はね、今のように写真機を持ってるお宅が少なくて、何かあると写真屋さんへ行って撮ったの。お洒落してね」

そういわれてみると、確かに畏まった写真が多い。スナップのようなものはほとんどなかった。

その後の娘さんの写真も学校で撮った集合写真ばかりで、カラーのスナップ写真が登場するのは成人してからである。

「西村さんの、もっとお若い頃のはないんですか」

ベッドに腰掛けて窓外を見ている学堂に問いかけると、

「みんな戦争で焼けてしまってね」

振り向いた顔は淋しそうだった。

「東京大空襲で下町は焼け野原になってしまったから、その時何もかも失くしてしまったのよ」

奥さんも昔を思い出すように目を瞑った。

「お父さんの家は立派な商家でね。家作をいくつも持っていたんだけど、それもみんな焼けてしまったそうなの」

「でも、土地は残ったんじゃ」

僕の言葉に奥さんは首を振った。

「何にも残らなかったのよ。だって電柱も何もないんですもの、目印になるものが。だから、早いもの勝ち」

疎開場所から戻ってきた人たちが、我先にと土地を囲ってしまったのだという。戦後生まれの僕たちには想像のつかない世界だ。戦後生き残った人たちは、みんなゼロからやり直したのだ。

そうだ、友部だって……。僕は友部がいつか偉くなって、目の前に現れるかもしれないと思った。

「そうですよね。焼け野原から、こんなビルだらけの東京に生まれ変わったんですよね」

僕は急に嬉しくなった。

「で、それからどうしたんですか」

僕が興味を示すと、奥さんは困ったような顔をした。

「さあ。その頃は父が生きていたから、とにかく焼け残った借家に住んで。みんな無我夢中だったわ。食糧難だったから」

学堂の方を見ると、外に視線を向けたまま黙っていた。

「お父さん、その頃のことはあまり口にしないの。もともと無口な人だけど、きっと思い出したくないんでしょ」

奥さんが学堂に代わって答えた。

「でも、生きててよかったですね。芥川賞候補にもなれたんですから」

僕は取りつく島のない学堂から、何とか言葉を引き出したかった。

「どうかね。そうだ、君、また本を持っていくかい。好きなのを選んでいいよ」

学堂は以前から僕に本をくれるといってきかない。だから僕は来る度に一冊ずつ貰うことにしていた。いわれたとおり隣の部屋へ入って本棚を眺め、何も考えずに一冊の本を手にとった。それは「夏目漱石論」だった。

二

正月休みに僕はまた郷里へ戻った。史子（ふみこ）と名付けられた兄の子は目が見えるようになったばかりで、相変わらず「おぎゃあ、おぎゃあ」とけたたましい泣き声を上げている。あどけない天使のお蔭で周りにいる人間も幸せになる筈なのに、家の中の空気は何故か沈んでいた。僕は何となく気づまりになって、姉がバイトしているコンビニへ出掛けた。

「いらっしゃいませ」

聞き覚えのある声が一瞬僕の耳元を掠めたが、その声は尻すぼみになり、調子まで変化した。そして客がいなくなったのを見澄まして、雑誌コーナーで立ち読みしている僕の隣に近づいてきた。

「何しに来たん」

雑誌を整理する振りをしながら僕に詰め寄る姉の顔はどこかいじけたように見える。

「何って、コンビニだろ。来ちゃいかんと」

「いいから、帰って」

僕の腕を掴んで店の外へ連れ出した。

「何か、家に居づらか」

そういうと姉は、

「そこに『精霊流し』っちゅう喫茶店があるじゃろ」

と顎でしゃくった。

「あとで行くけ」

「あとって、どれくらいね」

姉は店の時計を覗き込み、

「一時間くらいじゃね」

と追い払うような手振りをした。僕は「精霊流し」という喫茶店を見つけて中へ入った。店の名前からして、桃子と行った「源氏物語」と同じような情緒あるものを期待したが、木肌の壁に精霊流しの写真が掛けてあるだけの、どこにでもありそうな喫茶店だった。

「コーヒー。ホットで」

僕は注文してからメニューを見た。姉が来なければ自分で払わなければならない。二百五十円。ほっとして店内を見回すと、まばらな客の一人が立ち上がって僕の方へ近づいてきた。

「帰って来たとか」

友部だった。

「ここ、よかね」

僕の返事を待たずに自分のテーブルからカップを運んできて僕の前に座った。

「もうすぐ正月じゃもんな」

僕は突然のことで言葉を失っていた。「二度と来るな」といった友部が、自分の方から声をかけてくるとは思わなかったからだ。

「今日は休みね」

と聞くと、

「いや、これからじゃけど、四月から働く場所探しとる」

と明るい返事が返ってきた。これまでの友部とはどこか違う。

「働く場所？」

「ああ、祐二の就職が決まったと」

祐二というのは、三月に高校を卒業する予定の友部の弟だ。

「祐二には大学ば行かせてやりたかった」

友部はポケットからタバコを出して火をつけた。そして僕に吸うかというように差し出したが、僕は首を振った。高校時代にはタバコを吸っている同級生に注意を促していた友部が、と思うと胸が痛んだ。

「ほんでも祐二が、俺が大学ば行かんのに、自分が大学ば行くわけにはいかんちゅうて」

「それで就職したと」

「ああ。一応正社員じゃけ」

友部はふーっとタバコの煙を吐き出した。

「よかったじゃなか。で、働く場所って？」

「ああ、それね。おかんもパートで働いちょるし、祐二と俺と三人合わせれば大分楽になるけ、今の仕事は三月で辞めよう思うちょる」

「そういうことね」

やっと働く場所を探しているという意味がわかった。

「昼間定時で終わる仕事について、夜間か通信の大学ば行こう思うんよ」

友部は少し恥ずかしげに、でも嬉しそうにいった。

「よかよか。そりゃよかね。そうしたらよか」

僕も何だか嬉しくなった。

「でもなあ。定時で終われるよか仕事て……」

友部はタバコを灰皿に押しつけ、溜息混じりに煙を吐き出してから、

「そうだ、お前がいってた西村学堂。芥川賞候補の作家な。あの人の候補作、読んだと」

思い出したようにいった。

「えっ、ほんと」

半信半疑だった。あの作品が載っているのは『創作代表選集』しかない筈だ。

「ああ。店の客に出版社勤めの人がおってな。探してきてくれたと。それほど読みたかったわけじゃなかよ。けど、話の成り行きでそうなったと。わざわざ探してきてくれたんじゃけ、読まんわけにはいかんじゃろ」

「で、どうだった」

「うむ、よか話じゃった。社会派小説いうのかね。最後、特高に連れて行かれるじゃろ」

「そう」

「そうて、お前読んだんじゃなかね」

「ああ、まだ。その……」

僕はその本を貸して欲しいといいかけてやめた。西村さんと親しくしているといった手前、貸して貰えないのだとはいえなかった。

「なんだ、お前は相変わらず本ば読まんと」

友部のいう「本を読む」は「勉強」と同義語だ。ここは勉強嫌いの江藤和也でいくしかない。僕は黙って頷いた。

「しょうのない奴たい」

そういって笑った顔はとても優しかった。

「俺は高校を出るまで、実力さえあれば何でも手に入ると思うちょった。でも社会へ出て、そうでないことがわかったとよ。人間一人の力なんて、風に舞う木の葉のようなもんじゃ。西村さんの作品も、そんなことを感じさせる話じゃった。政治権力の前には一個の力など無きに等しい。で、思ったんよ。もしかしたらあれは、政界から圧力がかかったんじゃなかかかって」

「で、該当作なし」

「よくわからんけど、そういう時代じゃろ。俺はそんな気がすると」

「ふうん、恐ろしか――」

僕が首をすくめると、友部はまた笑った。

「今は大丈夫たい。でも、そう推理すると、西村さんも運のなか人じゃって思えて、親しみが沸くとよ」

友部は勝手にそう決めつけて、西村さんに会いたいといった。そして、

「俺も東京ば行きたか」

と、遠い将来を見るような目をした。

「来たらよかね。たぶん、こっちよりいろんな仕事もあっと。大学も多かよ。ああ、そうしたらよか。大学のパンフレット、集めて送るけ」

僕は友部が喜ぶと思った。しかし、

「お前はよかな。きらきらした目ばしとる。お前は努力さえすれば、人と同じスタートラインに立てるんじゃや。頑張らないかん」

と眩しそうに目を細めた。

「人と同じスタートラインて、何ね」

「人というのはまあ、普通の一般的な人じゃ。親に大学ば出してもうて、努力次第で出世コースに乗れる可能性のある人間ちゅうとこかな。俺はそのスタートラインには立てん。でも、違う道から出世コースに入れるかもしれん。足枷さえなければな」

そこまでいって、友部は時計を見た。

「いかん。もう行くわ。そうだ、これ、俺の携帯番号」

といって紙ナプキンに番号を書いてくれた。

「俺の愚痴ば聞いてくれる気があったら、帰ってきた時にでも連絡してや。コーヒーくらいご馳走するけ」

「そんなら、今日は僕が。バイト代入ったけ」

バイト代が入ったというのは嘘だったが、ここは無理してみたかった。

「余計な気ば使わんでよか」

友部は無造作に伝票をつかむと、僕の肩を叩いて店を出て行った。

三

友部が出て行ってから、姉が「精霊流し」へやってきた。姉の話では、母と順子さんの仲がうまくいっていないということだった。順子さんには順子さんの教育方針とやらがあって、母が史子を甘やかすのを嫌うのだそうだ。料理の味付けも母と順子さんでは違うらしく、そのことで父と兄までが喧嘩をしているという。姉は巻き込まれたくないので、できるだけ外へ出るようにしているらしい。

母は温厚な人で、誰とでもうまくやっていけるとばかり思っていた僕は、その母でさえ駄目なのかということがショックだった。母と桃子はうまくいくのだろうか。

桃子は時々僕の部屋を訪れては泊まっていく。バイト代が入ってすぐに、桃子と約束していた「源氏物語」での借りを返してから、僕たちの関係は急速に深まった。責任が持てるようになってからという気持はあったが、理性は欲望に勝てなかった。関係ができた日から、桃子はすっかり女房気取りで料理を作り、部屋を片付け、洗濯をして帰っていく。僕にとってはこの上もなく有難い存在なのだが、時々お節介の過ぎる時がある。そんな時、僕は少し後悔する。

バイト帰りにスーパーバックを下げてやってきた桃子は急いで掃除をし、米を研ぎ、野菜を刻み始めた。もうすっかり主婦だ。ジューッと油の弾ける音がし、久しぶりに僕の部屋はカレーの匂いに包まれた。母の匂いとは少し違うが、家庭の匂いであることに変わりない。

「できたわよ」

桃子が皿を二つ運んできた。カレーハウスで食べるカレーより、ジャガイモや人参がごろごろしている具沢山だ。

「うまそうだね」

「そりゃそうよ。私、料理には自信あるもの」

桃子はふふと笑って、栄養も満点なんだからと鼻を高くした。桃子が出入りするようになってから僕の部屋には食器の数が増え、調理器具も増えた。

「これ、うちの母が漬けたラッキョウ。この間貰ってきたの」

小鉢に盛ったラッキョウを差し出しながら、桃子はそういい、ちょっと照れくさそうに、

「和也のこと、話しちゃった」

といってまた立ち上がった。

「えっ、何て」

僕は口へ運びかけたスプーンの手を止めた。

「何もそんなに驚くことないでしょ。付き合ってる人がいるっていっただけよ」

桃子はコップと天然水の入ったペットボトルを持ってきて座った。少し目がきつくなったような気がする。

「ねえ、和也。まさか本気で小説家になろうと思ってないよね。大学出たら、就職するんだよね」

「何で、そんなこと」

「だって、どこに就職するかで住む場所も決まるわけだし。九州とかさ」

「何だ、そういうこと」

桃子は黙って頷き、コップに天然水を入れながら、上目遣いで僕を見た。

「わからない。まだ考えてないもの」

僕は桃子に小説家になることを否定されているようで不愉快だった。しかし何の結果も出せない今の状況で、「小説家になる」とは豪語できない。

「夏休み、和也はどうするの。私はバイトもあるから東京にいるつもり。お盆休みだけ帰るけど」

「そう。僕は春休みも帰ってないし……。でも、たぶん東京にいる」

するとその時、姉から電話が入った。

「和也、夏休みば帰って来ると。えらいことになっちょっとよ」

姉の話では兄夫婦が転勤になり、タイへ行くことになったという。僕はバイトを減らして一度郷里へ戻ることにした。

梅雨明けした九州は猛暑で、海の向こうには入道雲が居座り、森林公園からは蝉の声が聞こえていた。

「あれは順子さんの差し金じゃね」

「精霊流し」に来た姉は、座るなり汗を拭きながらいった。

「差し金って」

「同居するのが嫌になったとやろ。たぶん、希望したんじゃろね、転勤ば」

「よかじゃなかね。好きにさせたら」

僕には姉が騒ぐことの意味がわからなかった。順子さんが出て行ったら、姉にとっては却って好都合なのではないかとさえ思った。

「あんた、それでよかとね」

「ああ。姉ちゃんだってその方がよかじゃろ。婚活せんでもようなるし」

「そういう問題じゃなか」

姉は店員が運んできたアイスコーヒーを半分くらい一気に喉へ流し込むと、大きな溜息をひとつついた。僕には海外転勤の方が大変な気がしたが、それでも確かに夫婦水入らずにはなれる。

「兄ちゃんも新婚生活ば謳歌したかとよ」

氷を掻き混ぜながら、そういって床を見ると、ゴキブリが動き回っている。

「あんた、わかっちょらんね。あの様子だと、ずーっと帰って来んような気のすっと。ひょっとしたら、おとんやおかんが死ぬまでね」

「そんな。どうせ、三年とか五年とかじゃろ。でも、何でそうなったと」

僕には兄夫婦との間が険悪になった理由がわからなかった。

「おとんがね、ちょっと余計なこといったと」

「余計なことて、何」

「史子は女やろ。男ば産まんと嫁の務めは終わらん、ちゅうようなことばい」

「ああ……」

絶望的なものが僕の中にも広がった。順子さんは第一子を儲けたばかりで、次の子供のことはまだ考えていない。難産ではなかったものの、順子さんにとっては大変な事業だった筈だ。当分子供は作らないと、兄にいっていたのを覚えている。

「よくある話じゃね。何で男でなきゃいかんのじゃろ」

跡継ぎは男の子でなければならないという昔からの慣習を、現代の若者に押しつけること事態、無理があるのだ。

「もし兄ちゃんに男の子ができなかったら、あんた、作りなさいよ」

「えっ」

寝耳に水というのはこのことなのだろう。いや、よく考えれば当然の話なのだろうが、僕にとっては青天の霹靂で、大学を卒業する前から、というより、結婚相手も決まらないうちから承諾できる話ではなかった。

「じゃあ、姉ちゃんが作ればよか」

「何で私が江藤の家を継がんとならんの」

順子さんが出ていくことを喜ばない訳が、この時やっとわかったような気がした。下手をすれば、姉に婿をとってなどと始まることを恐れているのだ。

「おかんは三人もよく産んだよな」

ストローを吸い込むと、ズズっと音がした。

「昔の人は平気で何人も産んだとよ。避妊て意識も薄かったとでしょ。おかんより前の時代の人は、十人なんてざらだったと。女は子供を産んで当たり前。三年子無きは去れって言葉もあったとじゃから」

「何それ」

「嫁いで三年、子供ができなかったら離縁されても仕方がないってこと。女の人権なんて尊重されん時代の残骸たい」

女は子供を産むために生まれてきた。少なくとも父の時代の男たちはそう考えていた。しかし最近になって、子供を産まない選択肢も女たちの中に生まれてきた。叔母より少し下の男女雇用機会均等法世代である。そのあたりから、歯車が噛み合わなくなってしまったのかもしれない。

「男が子供を産めたら、うまくいくのかな」

「なに馬鹿なこというちょると」

姉は僕の額を軽く小突いて店を出て行った。


次の日、僕は友部と会った。友部はこの春、九州にある大学の通信教育課程に入学していた。僕が送ったパンフレットは役に立たなかったのだ。

「悪かったな、無駄にして。俺も随分東京ば行くことを考えたとよ。でも、やっぱ難しか。いくら就職したちゅうても、祐二に全部任せるわけにはいかんじゃろ」

「精霊流し」の隅っこにある椅子に座って腕組みをし、タバコを吹かしながら友部はいった。

「でも、通信なら東京でも同じじゃなか」

「年に何日か、スクーリングちゅう面接授業があるとよ。それに参加して、決まっただけの単位ば取らんと卒業できんと」

「それなら、その時だけ僕のアパートに来ればよかと。その方が僕も嬉しか。わからんところば教えてもらえるし」

「わからんて、お前の専門までわからんよ」

「専門じゃなか。英語の必修たい。どうも幕末の日本らしかじゃけど、聞き慣れん言葉ばっか出てきよって」

僕は説明にならない説明をした。それでも友部は何かを思いついたようで、調べてみるといってくれた。

「やっぱ心強か。東京ば来てくれんね」

「東京は遠かよ」

友部はタバコの煙を吐き出して溜息をついた。時間と費用がかかり過ぎるというのだ。いわれてみれば確かに東京までの旅費は馬鹿にならない。自分で工面する身になって、僕もそれを痛感していた。

「仕事はどげんしとると」

「ああ、またお前の叔父さんと同じ工事現場たい。大学ば出るまではどこでんよか。勉強する時間さえ作れるところじゃったら」

苦笑しながらいった友部の顔は、夜の盛り場で働いている頃の友部とは別人のように見えた。

「友部は卒業したら、何になると」

「図書館司書の資格ば取ろう思うちょる」

「図書館で働くと。教員免許ば取ればよかとに」

僕には学校の先生が相応しいように思えた。

「あまり人と関わりたくなか。本に囲まれて静かに暮らしたか。お前は何になると」

「それが、まだわからんと」

本当は小説家になりたいのだと喉元まで出て、危うく呑み込んだ。

「もうそろそろ決めんといかんのじゃなか」

「そうなんじゃけど」

進路を決めるのに、もう少し時間が欲しかった。それで大学院へ行きたいと思っていたのだが、兄夫婦が転勤になり、後継者問題を突きつけられていい出せなくなってしまったのだ。

「もうすぐお盆たい」

友部は宙に視線を浮かせた。店内にさだまさしの「精霊流し」が流れている。

「そうか。友部のおとん、もうすぐ帰ってくると」

「ああ、おかんが待っちょるけ。そいで毎年、送り火焚く度に泣くと。つられて妹も泣くとよ。やりきれんね」

友部が僕にそんな話をすることが不思議だった。高校時代はろくに口も利かなかったのに、もうすっかり親友のようだ。

「お盆が終わったら、またスクーリングたい。学部にいた頃は数人しかいなかった教室が、通信のスクーリングじゃ満員になると。真夏の教室に二、三百人も入るとよ。しかも冷房無しじゃけ、部屋の温度ば四十度くらいになっちょるじゃろ」

「ええー、そりゃ蒸し風呂じゃねぇ」

「勉強する環境としては最悪たい。そいでもみんな一生懸命にやっとると。学べる喜びいうんかねぇ。恵まれた学部生とは違うとよ」

僕は一瞬皮肉をいわれたような気がした。友部はその気持をすぐに察したらしい。

「いや、俺も九大にいた頃にはわからんかったことじゃけ。あの頃は何でもなかったキャンパスが、今は輝いて見えると」

「何か、大人になったとね」

以前とは違う意味で、友部との距離が遠くなったような気がした。

「俺は今、一家の主じゃけ、そう見えるとじゃろ。親父が死なんかったら、学べる有難みも、ひとりで学問することの孤独もわからんかった。頭がいいの何のといわれて、いい気になっちょった。頭ひとつで、才能ひとつですべてが手に入る思うちょった俺は、ただの阿呆たい」

「そんなことはなか。友部は確かに優秀だったと」

「もう、よか」

友部はにっこり笑って一気に水を飲み干し、窓外へ視線を移した。

見えない未来

一

東京へ戻ると、僕はまた宅急便の仕分けのバイトを始めた。友部のいう学べる喜びは僕にはよくわからなかったし、何か考えるより体を動かしている方が楽な気がしたのだ。今目の前にある卒論と進路という課題を考えるだけで、息が詰まりそうだった。

「ご無沙汰してます」

バイトの合間に僕は学堂を訪ねた。少しでも卒論の資料を集めることで、自分自身を納得させようとしたのかもしれない。

奥さんは病院に行っていて留守だったが、学堂は嬉しそうに僕を招じ入れ、

「忙しいんだろ、卒論とかで」

と鼻眼鏡越しにいった。

「たいしたことはないんですけど、また資料を探しに来ました」

「ああいいよ。好きなのを持って行きなさい」

僕は頭を下げると隣の部屋へ入った。いつの間にかすっかり習慣のようになっている。しかしその日、目ぼしいものは見つからなかった。

「君の探しているものは見つからなかったようだね」

僕が頷くと、学堂は卒論のテーマを尋ねた。

「まだまとまってはいないんですけど、近代国家になって身分制から解放された日本人が得たもの、そして失ったものにしようかと」

「ふうん、随分難しそうだね。私にはもう、面倒なことは考えられないんでね。役に立てそうにないよ」

学堂は眼鏡をはずして目の周りをこすった。

「そんなに難しいことじゃないんです。この前、西村さんにいただいた『夏目漱石論』からヒントを得たんですが、あの頃の日本人は自我に目覚め、個人主義に突き進んでいくんですね。勿論一部の知識階級だと思いますが。その人たちが自由と独立の精神を掲げて勝ち取ったものは何だったのか」

「知りたいのかね」

「はい。そして自由が現代にもたらしたもの。それが何なのか」

僕は卒論について、まだ誰にも具体的な話はしていない。なのに何故か、学堂には多弁になっていた。

「やはり難しいよ。今でもその問題は片付いていないんじゃないかね。確かに身分制がなくなって職業の選択は自由になったかもしれないが、却って迷いが生じてはいないかね。それに、本当に自由といえるかね、君は。好きなことをしたくとも、先立つものがなければ何もできないじゃないか」

「それはそうですが……」

「犠牲になる人間がいて成り立っていた社会だったんだよ。それを誰もが平等だといい、犠牲になりたくないといった時、どこかで歯車が狂い出したような気がするね。今の少子化がいい例だ」

「少子化ですか」

「ああ、そうだよ。子供を産んで育て、親の面倒を見るのが女の仕事だった。それを男女平等だといい、仕事を持つようになって」

「結婚しない、産まない、ですか」

「簡単にいうとね、そういうことになる。女が男に尽くして当たり前という時代は終わったんだ。いや、女だけじゃない。江戸時代のお百姓さんのように、底辺で犠牲になる人間がいなくなった。そういう時代が終わって誰もが自分の権利を主張するようになった時、世の中の歯車が噛み合わなくなった。女の場合、何も犠牲になることばかりじゃなかったんだがね。自分だって将来、嫁の世話になれたんだから」

僕は女の社会的地位の向上を悪いことだとは思っていない。ただ、家庭の犠牲になりたくないと考えた時、確かに離婚も増えたのだろう。寿美子叔母さんのように。

「完全な自由などないんだよ」

確かに、誰もが平等に自由を享受することは難しいのかもしれない。

「だとしたら、僕の研究テーマは犠牲がなくても成り立つ自由です。女の人が犠牲にならなくても、成り立つ社会を考えてみます」

「はは、それはいいね」

学堂の言葉はどこかで僕を馬鹿にしていた。個人が尊重され、なおかつ世の中全体がうまく回る方法、そんなものありはしないと。

「有難うございます。何だか書けそうな気がしてきました。西村さんのお陰で」

「少しは役に立ったかね」

「はい」

僕は礼をいうとアパートへ戻った。学堂は奥さんが帰ってくるまでいるようにといってくれたが、桃子が来ているかもしれないと思ったのだ。そういえば最近、学堂の家で食事をすることもなくなっていた。

「お帰り。お昼はカルボナーラよ」

案の定、桃子がキッチンで食事の支度をしていた。

「へぇ、そんなもの作れるの」

「馬鹿にしないで」

桃子は得意そうにスパゲティをすくって茹で加減をみた。

「ただ最近、料理をしない女性も多いから」

「そうね。私も思うわよ。将来仕事で疲れたり、帰りが遅くなった時に、夕飯ができていたら嬉しいなって」

「それって、僕に作れってこと」

桃子は意味ありげに首を捻った。僕は黙って下を向いた。料理を作ることなど考えたことがない。

「とにかく食べよ。お腹すいちゃった」

桃子はカルボナーラとサラダ、それにプアール茶を並べ、買ってきたばかりのフォークを出してきた。僕の部屋にまた食器が増えた。

「あれ！　ちょっと塩辛い？」

桃子は口にした途端、そういって僕を見た。

「ううん、ちょうどいい。旨いよ」

僕は一皿五分で完食した。空腹だったこともあるが、確かに美味しかったのだ。

食後、コーヒーを飲みながら、僕は卒論の見通しがついたことを話した。学堂に会ってヒントをもらったのだというと、

「また西村さん」

桃子はちょっと不満そうな顔をした。

「私、西村さんの時代の男性って苦手だな。だって、女性観ていうのかな。今の時代に合わない考え方をするでしょ。誰かさんと同じように」

「誰かさんて誰だよ。僕は現代女性を理解してるつもりだけどな」

「ほんと」

桃子は疑うように上目遣いで僕を見た。僕は学堂のいったこと、そして自分が考えているテーマを話した。

「女性が犠牲にならなくても成り立つ社会？　うん、いいかも」

桃子はそういうと、いきなり僕に抱きついてきた。が、思い直したように僕から離れ、

「でも、西村さんのいうことにも一理はあるわね。世継を産んで、舅姑の世話をしたら、あとの人生は大威張りで生きていけたんだもの。嫁いびりをして、それまでの憂さもはらせたし。報われ

てもいたのよね」

「だよね。ある意味よく出来たシステムだったのかもしれないね」

僕は郷里の母を思い浮かべた。大威張りどころか、息子や嫁の機嫌をとっても、面倒を見てもらえる保障などどこにもない。

「自由になった分、自立が求められてるのよね。老後まで」

桃子は少し不安な目をして、コーヒーカップのピーターラビットを見つめた。

「桃子はさあ、もし結婚したら子供を産むの」

「勿論よ。子供も産むし、仕事も続ける」

「もし、もしもだけどさ。おとんやおかんが具合悪くなったら、面倒見てくれたりするのかな」

「だって、お兄様いらっしゃるんでしょ」

「そうだけど、転勤になったからね。いざという時、あてにならないし」

僕は項垂れて上目遣いに桃子を見た。

「そうか。わからないわね。もし結婚するんなら、できるだけのことはして差し上げたいけど、私は東京に住みたいし」

「だよね。僕だってどこで働くかわからないし、転勤になったら桃子とだって一緒に住めるかどうか……。やっぱり小説家だな」

「はっ」

「だって、そうすれば住むところなんて関係ないだろ」

桃子は返事をしなかった。ただ黙って何かを考えているようだった。誰も犠牲にならないで仲良く暮らせるシステム。そんなものは本当に存在するのだろうか。僕はその夜、なかなか眠れなかった。考えれば考えるほど目が冴えて喉が渇く。あのカルボナーラはやはり、塩が利いていたのかもしれない。

二

僕はバイトをしながら訳のわからぬ小説を書き、できれば就職せずに大学院へ進みたいと思っていた。アルバイトをしながら大学院へ行く。それは僕にとって容易なことではない。これまでは仕送りがあったからやってこれたが、なくなれば半端なアルバイトでは食べていけないのだ。

「少しは就職のこと考えてるの」

桃子は僕の将来にまで口を挟む。まるで、妻がリストラされた夫を詰るように。桃子自身も就職活動がうまく行かず、苛立ちを募らせている。僕はダーツの的のように、桃子の飛ばす言葉の矢を、ただ受け止めているしかなかった。反発しても理論では桃子に勝てないからだ。下手に反発しようものなら、桃子の言葉は毒矢になって飛んでくる。避けるためには、その場から逃げ出すしかない。

十二月になったある日、僕は桃子の言葉を受け止めきれずに部屋を出た。足は自然に学堂の家に向かっていた。学堂なら、僕の気持をわかってくれそうな気がしたのだ。しかし学堂はいなかった。奥さんは僕の顔を見ると、取りすがらんばかりの顔をした。

「お父さんが倒れてね。娘が一度帰ってきたんだけど、お姑さんが車椅子で不自由な生活をなさってるからって、またアメリカへ行ってしまったものだから心細かったのよ。まったく、どっちの親が大事なのかしらね」

奥さんは僕の手を握ったまま、まるで身内にでも話すような口調で説明した。

「お父さん、随分血を吐いてね。最初はただの胃潰瘍だっていわれたんだけど、脳梗塞の薬を飲んでいたものだから、出血がなかなか止まらなくて。落ち着いてから検査したら、胃の深部に癌が見つかったの。でもお父さん、今年九十二になるでしょ。だからもう、手術は難しいといわれたわ。癌の進行は遅いだろうけどって」

「そうですか」

年齢を考えれば予測できないことではない。しかし、それが今かと思うと愕然とした。

「もう洗濯物が大変なのよ。毎日病院から持ってきたのを洗濯して、また持っていかなきゃならないでしょ。いろいろな手続もあるし。そんなの、今までお父さんが全部やっていたから、よくわからなくて」

奥さんは学堂を心配するというよりも、自分の大変さを訴えているようだった。

「とにかく明日、お見舞いさせてください」

僕は翌日、大学病院に学堂を見舞った。病院は学堂の家から歩いていける距離にある。玄関には豪華な花が生けられ、吹き抜けの真ん中にエスカレーターがあって二階へ通じていた。二階の吹き抜けを囲む廊下にはポトスの鉢が並び、会計所の裏にはコンビニやクリーニング屋があった。学堂は六階の見晴らしのいい病室で、カーテンを閉め切って眠っていた。ベッドは四人部屋の窓際にあって、そこからテニスコートが見えたが、二人とも全く興味はないようだった。僕が途中で買ってきた小さな花束を奥さんに渡すと、

「そんなことしなくていいのよ。来てくださるだけで嬉しいんだから」

と、昨日とは違う他人行儀な口調でいい、どこからか椅子を持ってきて僕に勧めてくれた。

学堂は思ったより元気そうで、目を覚ますとやたらに話しかけてきた。

「お父さん、今日はよくしゃべるわね。江藤さんが来てくれて嬉しいのよね」

奥さんがいうと、学堂はこっくりと頷いた。身体に管もつけられていなかったし、杖をついてトイレへ行くこともできた。

「ああ、そうだ。この際だからいっておくけど、あの本ね。君が読みたいっていってた」

「『創作代表選集』ですか」

「ああ、それ。私が死んだら君にやるよ。君なら大切にしてくれそうだから」

ふいに遺言めいたことをいわれ、僕は絶句した。

「お父さん、そんなこといったら江藤さんが困りますよ。ねえ」

見かねて奥さんが助け舟を出してくれた。

「ええ、頂けるのは嬉しいですけど、でも、病気はきっと治りますから。早く良くなって、僕の作品も読んでください」

僕は冷や汗をかきながら、そういうのがやっとだった。少し眠ったあと、学堂は内容のよくわからない話をした。幼い頃の景色と病院から見える景色が重なっているような、妙な話だった。

陽が傾いてくると、

「あんたも疲れたろ。そろそろ帰ったら」

と時計を見て奥さんにいった。奥さんは「はいはい」といって病室を出て行き、どこからかヨーグルトを持って戻ってきた。

「それじゃ、ここに置いておきますからね」

奥さんはそれをテーブルの上に置き、僕と一緒に病院を出た。外へ出ると、冷たい風がさっと襟元を吹き抜けた。

「西村さん、奥さんのこと気遣ってらっしゃるんですね」

といううと、奥さんは笑って首を振った。

「違うのよ。そろそろ夕食の時間なの。お父さん、好き嫌いが多くてね。何も食べないのよ。それでいつも看護婦さんに叱られてるの」

「食べないって、何もですか」

「そう、一箸もつけないの。美味しそうな煮魚だの、煮物野菜だの、身体にいいものばかりなのにねぇ。だからそんなとこ、あなたに見られたくなかったんでしょ」

「でも、何も食べないって」

「ヨーグルトをね、買って置いてあるの、病院の冷蔵庫に。だからそれを食べてるのよ。それだけでいいって聞かないものだから」

「それだけで大丈夫なんですか」

「さあね。大丈夫でなかったら、点滴でも何でもしてくれるでしょ。難しい人だから私にはどうしようもなくて。きれいな看護婦さんがいくらいってくれても、それだけは駄目なの。私だっていろいろ病気を抱えているし、お父さんの好きな鰻やお刺身を毎日持って行くことなんてできませんからね」

奥さんはそういって身震いをした。この寒い中、病院へ通うだけでも大変かもしれない。僕はそれ以上何もいえず、

「早く良くなるといいですね」

と社交辞令のような言葉を吐いた。すると奥さんは苦笑いを浮かべて首を傾げた。

「でもね、ちゃんと治ってからでないと」

複雑な表情で視線を落としたその顔は、どこか泣いているように見えた。向かい風が僕たちを押し戻すように吹きつける。奥さんは思わず目を細めてコートの襟を立て、

「どうしたらいいのかしらねぇ」

嘆息するように呟いた。

友の死

一

年が明けてからも僕は時々学堂を見舞った。またきっと元気になる。僕はどこかでそう信じていた。

桃子は桃子で、アルバイトに精を出している。ホームヘルパーの資格を取るための費用を稼ぐのだそうだ。僕と違って接客業に自信のある桃子は、ハードなスケジュールでコンビニのアルバイトをこなし、卒論の準備も始めている。そして自信に満ちた顔で僕にいう。

「これからは介護業界のニーズが増えるから、資格を取っておけば就職には困らないわ」

桃子がちょっと生意気に見え、その得意気な鼻をへし折ってみたくなった。

「君はその仕事に満足できるの」

「私は人間に興味があるの。どう生きてるか、生きるのか、そして死んでいくのか。だから、結構合ってると思うけど」

「でもさ、大学まで出てお手伝いさんみたいなことできるの」

「二級を取ったら次は一級、次は介護福祉士、そしてケアマネージャーまで取りたいと思ってる。そうすれば単なるお手伝いさんじゃないわ。ちゃんとした知的ビジネスよ」

桃子の実践的なものの考え方に、僕はいつも圧倒される。女は男より早く成長し、地に足をつけて歩いていくのかもしれない。僕はまだ夢から抜け出られずにいる。

ふいに携帯電話が鳴った。咄嗟に僕は友部かもしれないと思った。いつか電話しようと思いながら、なかなかできずにいたのだ。

「もしもし」

それは友部ではなく、母からだった。

「どうかしたと」

母が電話をしてくることは滅多にない。

「あんた、友部ちゅう人、知っとると」

「知っちょるけど。友部がどうかしたと」

「亡くなったと。自殺じゃて」

それからの母の言葉は上の空だった。何故だ、何故なんだという疑問だけが、僕の頭の中を駆け巡っていた。

「和也、和也」

桃子に揺さぶられて我に返った時、電話は切れていた。母のところへ片瀬の叔父が友部の死を知らせてきた。そして和也に知らせて欲しいというので、母はしぶしぶ電話をかけてきたらしい。

「友達が死んだ。行ってくる」

「えっ、友達って、どこの」

桃子は訝しげな表情で僕を見つめた。友部のことは話していなかった。僕の中だけで大切にしまっておきたかったのだ。

翌日僕は郷里へ戻り、友部の通夜に参列した。祭壇は質素なものだったが、高校時代の友人や職場の仲間が大勢来ていた。喪主の席には若い男と女が座っていて、それが弟と妹であるということは想像がついたが、母親の姿が見えなかった。席について落ち着いてから祭壇を見ると、遺影と棺は二つあった。

「何で」

僕は思わず声を漏らした。

「しっ、静かに」

非難の眼差しが僕に向けられる。お前が何でここにいるのだといった目だ。周りにいる高校時代の友部の友人は、僕にとってクラスメイトではあったが、付き合いのない連中だった。しいていえば僕は落ちこぼれ組、彼等はエリート組といったところだ。彼等にとって僕は侮蔑の対象でしかない。

導師が入場して経文が唱えられ、焼香が始まると同時に空気が一変した。まず焼香を済ませた弟が泣き声を上げ、次いで妹、親類縁者から参列者へ伝染するようにすすり泣きが始まった。僕も涙が止まらなくなった。あの夏の日、「精霊流し」で外を見つめていた友部の顔が浮かんでは消えた。

通夜振る舞いの席で、叔父がグラスを持ってやってきた。少し遅れて来たらしい。酒好きの叔父がその夜は飲まなかった。

「苦しかったんじゃろな」

ウーロン茶を飲みながらぽつりといった。

「何か予感のあったと」

「いや、わからんかったが、去年の暮あたりじゃったか、盛り場の路上で寝とるとば見かけた」

「店はやめたとじゃなか」

「ああ、やめとった。けど、酒を飲まずにおれんかったんやろ。半年くらい前におふくろさんが倒れての。半身不随になっとった」

つまり無理心中だったのだ。半年前といえば、僕が「精霊流し」で会ってからすぐの頃だ。通信大学へ入り、学ぶ喜びを語っていたあの頃、天は微かな望みまで友部から奪い去ったのだ。

「あいつも肝臓を病んどるようじゃった。その上母親があんなことになって……」

片瀬の叔父は目頭を拭った。まるで自分のことのように悲しんでいるように見えた。僕にはわからないが、叔父にもきっと友部と同じような苦しみがあったのだろう。いくらもがいても、どうにもならない何かが。

「今日はどうも有難うございました」

友部の弟がビール瓶を持ってやってきた。しかし僕たちのグラスの中身を見て、ウーロン茶に持ち替えた。

「あの、失礼ですが、江藤さんでいらっしゃいますか」

ウーロン茶を注ぎながら、泣きはらした目で僕を見た。

「はい、そうですが」

「兄が生前、江藤さんにお渡しする筈だった書物があるのですが、受け取っていただけますか」

僕を年長だと思っているからか、祐二は改まった物言いをした。僕もつられた口調になった。

「書物、ですか」

「ただの文庫本ですが、貰っていただければ」

「いただきます」

「今日は持ってきておりませんので、後日」

弟の祐二はそれだけいうと頭を下げた。

翌日、叔父は仕事があるというので欠席したが、僕は葬儀に参列した。祐二が何かと気を遣ってくれるので、エリート組も僕に声をかけてくるようになった。中でも、友部と最も親しかった結城が僕の傍へ来て、

「俺には何もいってくれんかった」

と霊柩車を見送りながら淋しそうにいった。

「お前には何かいうとったんか」

と聞かれて、僕は首を横に振った。

「ほんでも、祐二と親しそうじゃなか」

しつこく聞かれるので、僕はそれまでの経緯を掻い摘んで話した。すると結城は納得したように頷いて、

「あいつはプライドの高か奴じゃったけ、大学ばやめてからは何もいってこんかった。時々誘っても、何だかんだと理由ばつけて会いたがらんかったし……。お前じゃったから、心ば許せたとじゃろ」

悔しそうにいった。

「そんなこと。ただの偶然たい」

「よかよ。どうせ俺にはわからんかった、あいつのつらさは。一度な、偶然出会うたことがあって、あいつが少しいいかけたことがあったと。その時俺は、自分の運のなさを世の中のせいにしたり、他人のせいにしたりするのは卑怯者じゃいうてしもた」

そして結城は大粒の涙を流した。そうなのだ。誰もがみんなゼロから立ち直れるわけじゃない。

「何で死なんとわからんのやろ。死んでからでは何もしてやれんのに」

結城の涙は止まらなかった。

二

数日後、僕は「精霊流し」で祐二と会った。春一番が吹きそうな風の強い日だった。

「お待たせしました」

スーツ姿の祐二は僕より少し大人に見えた。

「いえ、僕も今来たばかりです。お仕事の方は大丈夫ですか」

「はい。職場の仲間が気を遣ってくれまして」

本来は一週間有休がとれるところ、祐二は三日だけ休暇をもらった。だからその分、早く帰れるようにしてくれるのだそうだ。

「これです」

祐二は鞄から文庫本を取り出してテーブルの上に置いた。ドナルド・キーンの「日本人の西洋発見」という本だった。何故これを僕に渡そうとしたのか、何も思い当たらなかった。

「お兄さんは、確かにこれを僕にといったのですか」

「はい。何かあったら、いいえ、もし江藤という人が訪ねてきたらと。あの時何故そんなことをいったのか……」

おそらくその時、友部は死を覚悟していたに違いない。僕はもう一度中身を確かめた。日本語としては確かに心当たりのないものだったが、英語で見たようなフレーズが並んでいる。そうか！

「わかりました。これ、僕の英語の教科の訳本です。僕がいったこと、覚えててくれたんですよ、友部は」

いいながら、涙が溢れてきた。死のうと思いつめている時に、僕のために探してくれた文庫本。どんな思いで本屋の棚を眺めていたのだろう。想像もつかない苦しみの中にいた友部に甘えていた自分を僕は恥じた。

「兄はよく西村学堂という作家の話をしていました。あの人の作品には人間の苦しみが詰まっていると」

「そうですか。そんなことを……」

「時勢とか、権力とか、世の中の大きなうねりの中では、一個の人間の力など容易に踏みにじられてしまう。人間の醜さや理不尽さが伝わってくる作品だと」

学堂は大人向けの本は出版していない。懸賞小説の佳作になったものや雑誌に発表されたものがいくつかあるが、単行本にはなっていない筈だから見つけることは難しい。とすれば、友部が読んだのは芥川賞候補作しか考えられない。その一作が、友部をそれほど捉えたのだろうか。

「兄は僕たち家族が濁流に呑み込まれる前に、僕と妹を岸に放り投げてくれたんです。全身全霊で」

祐二はそういうと嗚咽を漏らした。僕は意味もわからず、言葉も出なかった。ただ母が家を出る時、「黙って聞いてあげんしゃい。聞いてあげるだけでよか」といってくれたのを思い出し、黙って静かに頷いた。

「母があんなことになって、リハビリにしても何にしても、時間とお金が……。僕たち兄弟だけではどうにもならない状態でした。母が元に戻ることは考えられませんでしたし、この先どうなるのか不安で……」

祐二は再び嗚咽し、涙を拭った。

「兄が死ぬ前にいったんです。僕と妹二人なら、何とかやっていけるだろうって。その時、意味がよくわからなくて」

　祐二は「すいません」といって鼻をかんだ。

「兄が死んで、やっとその意味がわかりました。兄は僕たちが将来に不安を残さず生きていけるように、母を……」

　聞いている僕も祐二の顔も涙でぐしゃぐしゃになっていた。自分の将来を悲観しただけでなく、弟や妹の将来を考えての死だったのだ。濁流の意味がその時やっとわかったような気がした。

「でも……」

　祐二の嗚咽は滂沱に変わった。激しくしゃくり上げ、しばらくは言葉にならなかった。他の客がちらちらこちらを見ている。その視線に耐えながら、僕は祐二が落ち着くのを待った。

「正直いって、ほんの一時、ほっとした瞬間があったんです。これで生きていけると。一方では、後ろめたい気持でいっぱいでした。兄ひとりにすべてを背負わせてしまったことを、どこかで後悔してます」

「……」

「有難いと思いながら、兄が犠牲になってくれたことが、今は僕たちの負担になっている。勝手な話ですね。僕たちは、このことを一生背負って生きていかなければならない。いっそ、死んでしまいたいと思うこともあります」

「そんな、それだけはいかん。いや、その、そんなこと考えたら、友部が悲しみます。あいつは、君と妹さんが強く生きていってくれることを望んでいた筈です。そのために、足手まといにならないために……。だから、それを無にしたら駄目ですよ、絶対に。あいつの分も必死で生き抜かないと」

「はい、今はそう思っています」

祐二の声は弱々しかったが、僕を見た目に決意のようなものが感じられた。

「江藤さんにお会いできてよかったです」

祐二はそういって右手を差し出した。

命の炎（ほむら）

一

　東京へ戻ってからも僕は友部のことを考え続けた。どうして死ななければいけなかったのか。他に何か方法はなかったのだろうかと。

　そして何故か学堂に会いたくなった。何故学堂なのかはわからない。桃子の言によると、「偏屈なところと、変に気位の高いところが似てるんじゃないの。類は友を呼ぶっていうからね。だから惹かれるのよ」ということになる。当たらずと雖も遠からずといったところか。

　それに、大学病院のロビーはきれいで気持ちよかった。病棟には若くてきれいな看護師さんがたくさんいたし、応対も、桃子と違っていつも親切で、心が癒される気がした。その看護師さんと学堂のやりとりを、僕は偶然耳にしたのだ。

「西村さん、もう、いつでも退院できますからね。頑張ってリハビリやりましょう」

　可愛い看護師さんが優しく学堂を励ましていたが、学堂はむっとした様子で、

「私は家に帰らない。退院させるなら、ここの屋上から飛び降りる」

と一部不明瞭な言葉でそういった。僕はカーテンの中へ入ることができず、後退りして廊下へ出た。どうしてだろう。何故学堂は家に帰りたくないのだろう。家に帰りたくないから、リハビリをしないのだろうか。

そういえば、最近ではトイレへ行くにも車椅子を使っている。病状が良くなったとも思えないのに、何故退院できるのだろう。僕は頭の中の整理がつかず、ロビーで少し時間を潰してから病室へ行った。すると学堂は待っていたかのように起き上がり、車椅子を指差した。

「これですか」

僕はベッドの横に畳んであった車椅子に手をかけた。学堂はあまり言葉を発しなくなっていてただ頷くだけだったが、ストッパーを外して広げると、よろよろと立ち上がってそれに腰掛け、廊下の方を指差した。

「トイレですか」

学堂は「ああ」というように頷いた。僕はすぐ近くのトイレまで車椅子を押していった。トイレは車椅子ごと入れるように広くなっている。そこへ学堂を入れると、僕は軽くドアを閉めた。

「終わったら声をかけて下さい」

来る度に学堂は必ずトイレへ行く。最初は看護師さんを呼んできて頼んでいたのだが、そのうち僕も覚えて連れていけるようになった。桃子がヘルパーの資格を取るなどといい出してから、尚更その気になった。

トイレから出て車椅子を押しながら廊下を歩いていると、年配の見慣れぬ看護師が声をかけてきた。

「あら、いいですねえ西村さん。お孫さんですか」

すると学堂はにっこりして頷いた。あまりに嬉しそうな顔をしていたので、僕は否定することができず、そのまま頷くともなく会釈して病室に戻ったのだが、帰りにナースステーションの前を通ると、その時廊下で声をかけてきた看護師が、待ってましたとばかりに出てきて僕の前に立ち塞がった。

「ちょっとケースワーカー室へ寄っていただけますか」

訳がわからないままにケースワーカー室へ行くと、三十代くらいの細身の女性が出てきて僕を書類の積み重ねられた机の前に連れていった。窓際に机が二つ置かれているだけの小さな事務室で、他に人も見当たらない。

「ソーシャルワーカーの柄本です」

その女性は自己紹介して僕に椅子を勧め、自分も僕の横に椅子をずらして腰掛けた。

「西村さんのことなんですが……。何度も奥様にお話したんですが、どうも話が通じなくて。他にお身内の方も身近に居られないようなので、あなたに聞いて頂こうと思いまして」

僕はどうも本当の孫だと思われているのだと感じ、否定しようとした。しかしそれより先に、向こうが言葉を継いだ。

「一応この病院にいていただけるのは三ヶ月が限度なんですが、もう四ヶ月近くなりますのでね。退院していただくか、他へ転院していただくかしていただきたいのですが」

「あの」

僕はもう一度身内ではないことをいおうとしたが、向こうも必死で言葉を継いでくる。おそらく奥さんと随分同じ問答をしたのだろう。僕にだけはわかってもらわないと困る、といった感じだった。

「何でもエレベーターのないところに住んでいらっしゃるので、奥様としてはもう少しここに置いて欲しいとおっしゃいますし、西村さんご自身も家へは帰りたくないとおっしゃられるので困っているんです。ベッドが空くのを待っている患者さんがたくさんおられますのでね。どうしてもお宅へお引き取りになれないのであれば、どこかへ転院していただくしかないのですが、西村さんの場合、生活保護を受けておられますので、どこでもというわけには……」

学堂が生活保護を受けている。僕はショックだった。あの品のいい、押し出しも立派な芥川賞候補作家が……。

「このあたりで受け入れてもらえるのはK病院くらいでしょうか。でも、それも西村さんは嫌だとおっしゃるので……。あなたに引き取ってくれといっているのではないのですよ。でもお母様は？」

そこまできて、僕はやっと学堂の孫ではないということができた。柄本さんは、しまったというように真赤な顔をして、

「すみません。すっかりお孫さんだとばかり。私が申し上げたことは、忘れていただけると有難いのですが」

と頭を下げた。それから僕と学堂の関係を聞き、さらに感心したように、

「そうですか。それだけのご関係でなかなかできることじゃありませんね。西村さん、お幸せですよ。どうかこれからも見舞ってあげてくださいね。私からもお願いします」

丁寧に頭を下げると、ドアのところまで送ってきた。僕が「失礼します」といって頭を下げ、ドアを閉めたところに奥さんが立っていた。互いに驚きの表情で数秒間顔を見合わせた後、

「江藤さん、何でここにいるの」

咎めるような口調で僕に詰め寄ってきた。

「や、その、お孫さんに間違われたみたいで」

「何かいわれたの」

「いえ、別に。ただ間違いをわかっていただいただけで」

僕は嘘をつくのが苦手だ。すぐ顔に出る。でも、その時だけは必死で嘘をついた。それでも奥さんは何かを感じたらしく、「ちょっと待ってて」といって学堂の病室へ行き、すぐに戻ってきた。

「家へ寄ってってくださる」

と僕を促すと、先に歩き出した。何か口実を見つけて逃げ出したい。そう思えば思うほど、僕の頭は凍りついた。奥さんのカートを引く後姿が哀れに思えて、何の口実も見つからないままついていくしかなかった。暮色の広がった道を黙々と歩いていると、春雨が僕たちの身体を濡らし始めた。街灯のあかりの中で雨はしきりに地上に向かって落ちていく。その一粒一粒が奥さんの涙のように思えた。

「ごめんなさい、忙しいのに。でも、江藤さんとあのまま別れたら、もう二度と来てくれないような気がして」

家に着くと奥さんは僕にタオルを渡し、自分も頭や腕を拭きながらいった。

「そんなことは」

ありませんよといいながら、僕の言葉は尻下がりになった。奥さんのいう通りだ。正直なところ、何か面倒なことに巻き込まれそうな気がして、もう近づくまいと考えていたのだ。

「本当のことといって。何か聞いたんでしょ」

奥さんに詰め寄られて、僕は返事ができなかった。白々しい嘘を、平気でいえるような度胸が僕にはない。

「いいのよ、わかってしまったんなら」

黙りこくった僕を見て、奥さんは悲しそうにいうと、力が抜けたように座り込んだ。家の中は足の踏み場もないくらい散らかっている。僕はそのまま帰る勇気もなく、椅子の上を片付けて自分の座る場所を作った。

「芥川賞候補だったなんていうと聞こえがいいから、初めのうちはみんな寄ってくるんだけどね。内情がわかってくると、みんな馬鹿にしたような態度になるの。お父さんはああいう人だから、それが我慢できないのね。怒鳴りつけて、それでおしまい」

奥さんはこれが最後と思ったのか、それまでいいたかったことを全部曝け出すように話し始めた。

「生活保護なんて受けてると、人様とまともに付き合っていくのは難しいの。最近は大分良くなったし、平気で口にする人も増えたけど、昔は生活保護を受けてるなんていったら、まるで人非人のような目で見られたわ。看護婦さんも露骨に差別するようなところがあったのよ。嫌な思い出はたくさんある」

奥さんは一度言葉を切って、ふっと溜息をついた。誰にも話せずに胸にしまってきたものを、僕なんかに話したものかどうか迷っているふうだった。が、急に凍りつくような眼差しで、

「娘だって、お父さんがあんなことさえいわなければ」

じっと一点を見据えたまま、少し沈黙があった。

「昔は親のために身売りしたものだなんていわれたら、誰だって逃げ出すわよね。……それでもつらいことがあって、一度戻ってきたことがあったの。その時もお父さん、帰れって。こんな生活が嫌で逃げ出したんじゃないのか。勉にお前と同じ思いをさせるのかって」

奥さんは眼を瞑り、首を振った。僕は何もいえず、ただ黙って聞いているしかなかった。

「お父さんは羽振りのいい商家に生まれて、長男として大切に育てられたから、周りの人間が自分に尽くすのは当たり前だと思ってるの。自分の娘にさえ父親らしいことなんて……。だから英語が得意だった娘は、奨学金で高校を出ると間もなく、アメリカへ行ってしまったわ。まるで日本でのしがらみを断ち切るように」

奥さんの顔はいくらか平静を取り戻していた。

「お父さんも戦争で何もかもなくしてしまったから、四十近くなって労働もできないし、どうしようもなかったんだろうけど、本ばっかり買って、小説書いて……。児童文学なんかで食べていけるわけないのにねぇ」

奥さんはそういってまた溜息をついた。そして俯いている僕を見て、我に返ったように時計を見、あわてて傘を出してきた。

「引き止めちゃったわね。これ、持ってって。返さなくていいから」

僕は傘を受け取ったものの、その場を動けなかった。何か慰めのような言葉をかけなければいけない。そう思いながら、何といっていいかわからず、ただぼんやりと座っていた。そういう眼で家の中を見回すと、歪んだ年代物の家具や、古ぼけて壊れかけた家電製品ばかりが並んでいる。この家に生まれていたら、僕は今のように気楽な境遇ではいられなかったに違いない。

「福祉も随分良くなってね、人並みの家電製品は置けるようになったけど、最初は贅沢だっていわれて冷房もつけられなかったのよ。生活保護を受けていた何処かのお婆さんが暑さで亡くなってから、公に認められるようになったけど。食べたいものも我慢して孫のために貯金なんかしていると、そんな余裕があるんならって、生活費を減らされたの。娘が働くようになったって、その分減らされてしまうんだから、どこまでいっても人並みにはなれやしない。だから……」

娘さんのことでも思い出しているのだろう。奥さんはうつろな眼で宙を見ていた。自分たちを見捨てて渡米した娘を、愛しさと憎しみを込めた眼差しでいつまでも見つめている。

二

新学期が始まっても僕は就職活動をせず、アルバイトをしては時々ゼミに顔を出すくらいで、ぼんやり日を送っていた。小説を書く気にもならず、かといって何を目指してよいかわからず、進路を決めかねていたのである。大学院へ行くための準備もしていなかった。

桃子も忙しい筈なのに頻繁に顔を出す。それでいて僕が「いっそ、ここへ引越してくれれば」というと、首を横に振る。

「男の人は一緒に暮らすようになると変わるでしょ。掃除や洗濯をしても、それを当たり前のように思って感謝しなくなるし。料理を作っても、美味しいのひと言もいわなくなる。だから、このままでいい」

そういいながら、楽しそうに料理を作っている桃子の気持が僕にはよくわからない。

「でもさ。結婚したら、一緒に住むんだろ」と聞くと、「う~ん、私、和也と結婚しないかも」とからかうような眼差しでチラ見する。僕が「なんで?」という顔をすると、「だって和也、九州男児だもの」とふざけたように笑う。

「私はね、九州男児らしくない、ちょっと頼りない和也が好き」

「それって褒められてるの?」

「うむ。つまり頼りないけど、弱い人間の気持がわかるっていうか、優しさがあるっていうか……」

いいながら桃子は首を傾げた。

「無理にこじつけなくていいよ」

「でもとにかく私は和也が好き。それは確かだから。だけど……。いつ九州男児の本性を現すかわからないでしょ。それが心配なだけ。私は結婚しても働きたいし。和也はさ、結婚したら家事や子育て、手伝ってくれる？　掃除や洗濯、料理、それに子供のおむつ替えたりできるかな」

「仕事をしながら？　そんなことできる筈ないよ。子供なんていなくても……」

「みんながそう考えたら、日本民族は滅びるわ。私たちは誰にも看取られずに、野垂れ死にするしかなくなるのよ」

桃子は時々、説教する時の母のような顔つきになる。すると僕は何もいえなくなってしまう。

「ただ子供を育てて、舅姑の世話をして終わる一生なんて誰も望まないと思う。それを日本の男性は女性に強いてきた。と、く、に、九州男児はね。だから思うのよ。邪馬台国の九州説はあり得ないって。九州に女性を崇拝する土壌があったとは思えないもの」

「なんで邪馬台国になるんだよ」

僕は九州男児を馬鹿にされた気がして腹が立った。桃子とは喧嘩にもならないが、くさくさすると学堂に会いたくなる。

そういえば、あれからずっと病院に行っていなかった。学堂が生活保護を受けていると知ってから、小説家への夢も捨てるつもりでいたのだ。それに、面倒にも巻き込まれたくない。そんな気持も手伝って足が遠のいていたのは事実だ。「やはり、あなたも同じだったわね」と奥さんにいわれそうな気がした。

「西村さんはK病院に転院なさいましたよ」

大学病院に行くと、受付であっさりそういわれ、僕は愕然とした。飛び降りるとまでいって嫌がっていた転院を、学堂が受け入れたのかと思うと胸が痛んだ。僕はK病院の場所を教えてもらって、久しぶりに花を買った。

K病院の玄関ロビーには華やかに生花が生けられ、一見大学病院と変わりないように見えたが、外来患者の数は極端に少なかった。閑散とした入院受付で病室を尋ねると、「ああ、生保の方ですね」といって場所を教えてくれた。僕はその言葉の中に、何となく侮蔑のようなものを感じた。わざわざ念を押すことはない。

エレベーターで三階へ上がると、どことなく空気が淀んでいた。薄暗いこのフロアには病院特有の消毒臭とは違った死臭のようなものが漂っている。どの病室を覗いても体中に管をつけられた老人ばかりが身動きもせずに横たわっていて、中には酸素吸入をつけられ、微かに呼吸をしているだけの患者もいる。おむつ替えをしている病室の前を通ると、息を止めたくなるような臭いが鼻をついた。

教えられた病室の前で名札を確かめ、中へ入ろうとすると、カーテンの透き間から奥さんと看護師の姿が見えた。

学堂のベッドは八人部屋の通路側にある。トイレから戻ったらしく、看護師は学堂を反転させておむつを敷きながら、「出ましたか」と尋ねていた。すると奥さんが、「血が出ました。もう体中癌ですからね」と答えたのを聞いて、看護師は「えっ」というように奥さんを見た。僕も自分の耳を疑った。たとえ告知をしてあるにせよ、奥さんは何故学堂の気持を萎えさせるようなことをいうのだろう。おむつをあて終えると、看護師は半ば呆れた顔でカーテンをぱっと開け、立ち竦んでいた僕の前に出てきた。

「あら」

看護師は驚いたように僕を見て苦笑いし、「こんにちは」というようにこっくりした。奥さんも驚いたようだったが、すぐに僕を引き寄せて、「孫なんですよ。今、日本に来ているんです」と紹介した。看護師は「よかったですね」と形だけの言葉を残して廊下へ出て行った。

おむつをしていることにも驚いたが、少し見ない間に学堂は別人のように痩せ衰え、生気のない顔をしていた。それでも寝ている顔は端整で、およそこの病院には相応しくない風貌だった。

「お父さん、江藤さんが来てくれたわよ」

奥さんが嬉しそうに学堂の耳元で囁くと、学堂は閉じていた目を開けた。そして僕の顔を見て何かいったが、聞き取れなかった。もう話すことも満足にはできないのかと思うと、言葉が出てこない。咄嗟に何をいっていいのかわからず、どこまでも空白の時間が流れていくようだった。

「いい病院ですね」

その空気に耐えかねて僕が切り出すと、奥さんは「う～ん」と生返事で俯いた。すると学堂が声を振り絞るようにして、

「この病院は乱暴で、人間扱いじゃないよ。君も覚えておくんだね。これから少子化が進むと、年寄りはみんなこうなる」

はっきりとは聞き取れなかったが、呂律の回らない舌でそんなようなことを呻くようにいった。いったあと大きく肩で息をして胸を押さえ、すぐに寝息を立て始めた。

「お父さん、この頃眠ってばかりいるのよ。起きるとすぐにトイレだから」

奥さんは僕に囁いて、荷物を整理し始めた。帰る準備をしているのだろう。少し見ないうちに、奥さんも随分老いたように見えた。それでもきちんと髪を染め、一見華やかな身なりをしている。

奥さんの仕度は長かった。衣類を別の袋に移し、何か思いつくとまた全部中身を引っ張り出して最初からやり直した。同じ事を何回か繰り返し、やっと仕度ができた頃には学堂が目を覚ました。

僕のことをちゃんと認識したかどうかはわからないが、とにかく手を差し出して「トイレ」といった。トイレという言葉だけは、はっきりしていた。

「お父さん、またトイレなの。さっき行ったばっかりじゃない」

奥さんはそういったが、学堂にはその言葉が耳に入らないようだった。羞恥も何もなかった。誰でもいいのだ。トイレへ連れて行ってくれさえすれば。僕は学堂の気持をそう理解した。そして車椅子を引き寄せ、学堂を抱き起こした。もう、ひとりで起き上がれそうになかったからだ。

足も腰も硬直していて、座らせるのも大変だった。やっと座らせたかと思うと、今度は車椅子に移さなければならない。僕は学堂を正面から抱きかかえる格好で、ありったけの力を込めた。

痩せ細ったとはいえ、大人の男性が力を抜いた状態はずしりと重い。僕の腰は悲鳴を上げた。それでも何とか車椅子に乗せると、奥さんが尿の袋をベッドから外して車椅子に取り付け、点滴のスタンドを押しながら一緒についてきた。車椅子ごとトイレへ入れて、僕はまたたじろいだ。どうすればいいのだろう。以前は車椅子ごと中へ入れてやれば、学堂は自分で用を足すことができた。今度は便座に座らせてやらなければならない。僕が呆然としていると、

「江藤さん、立たせてくれる?」

と奥さんが指図してくれた。僕が渾身の力を込めて学堂を立ち上がらせると、奥さんは衣類を下げておむつを外した。学堂を便座へ座らせて僕は外へ出たが、奥さんは中に残っていた。

少ししてからトイレのドアが開き、「江藤さん、お願い」と奥さんが顔を出した。学堂はぐったりして便座に座っていた。僕がまた学堂の小脇に腕を差し入れて立ち上がらせると、奥さんは衣

類をずり上げた。

この病院には看護師の他に介護士もいるが、女の力では無理がある。男の僕でさえ悲鳴を上げてしまうのだから。

ベッドに戻ると学堂はすぐに寝息を立て始め、奥さんと僕は荷物を持って病院を出た。

「悪かったわね、孫にしてしまって。でも、娘も孫も顔を見せないんじゃみっともなくて」

奥さんは僕に詫びと礼をいいながら、病院の前からバスに乗った。僕も同じバスに乗り、同じところで降りた。僕のアパートへ帰るにはひとつ前の停留所で降りればいいのだが、せめて奥さんが引いているカートを三階まで上げてやろうと思ったのだ。

カートはそれほど重くはなかったが、奥さんは自分の身体を持ち上げるだけでも大変そうだった。カートを上げてやると喜んで礼をいったが、もう僕に気を遣う気力もない様子で、部屋へ入ると洗濯物を引っ張り出して撒き散らした。

「お父さんはおむつに便をしないから、みんな大変なの。ちゃんとおむつにしてくれれば一回で済むのに、神経質でおむつにできないのよ。それが日に何回もでしょ。お父さんの頭には、今トイレのことしかないのね。ちょっと催すとすぐにトイレだから、看護婦さんにも介護士さんにも嫌な顔されて……」

帰ろうとした僕は、玄関に立ち竦んだ。尿の方は管がつけられていたから、一日何回も便意を催すということなのだ。嫌な顔をされるのは当然かもしれない。それに今の病院には化粧気のない年配の看護師が多い。どこか病院自体が疲れている感じがした。

「お父さんはいじめられてるのよ。あたしが行ってないと、トイレへ連れて行ってもらえないの。でも、ずっとついてるわけにはいかないし」

奥さんはへたり込み、今にも泣き出しそうな顔で僕を見つめた。その目にはある種の狂気があった。僕は恐怖に似たものを感じ、挨拶もそこそこに外へ出た。それ以上奥さんと一緒にいると、僕自身がおかしくなってしまいそうだったからだ。どうしようもなく遣る瀬なかった。ぬくもりが欲しかった。季節はもう初夏だというのに背中が寒い。

ふと目をやると、公園のむせ返るような木々の隙間から、燃え立つような真紅の花が鈴生り(すずなり)になって咲いていた。石楠花(しゃくなげ)だ。血を吐くような苦悩の中で、最後の力を振り絞って咲かせた命の炎(ほむら)。僕はふと、そんな花だと思った。真っ赤に染めた苦しみの色は、それでいて美しく、見る者を魅了した。

はるかなる栄光

一

僕がアパートに戻ると、桃子が出て行こうとしていた。

「待ってたけど、帰って来そうもなかったから」

僕はそういう桃子の腕を掴んで引き寄せた。

「今日、泊まっていかないか」

僕は桃子を抱きしめ、ベッドへ押し倒した。桃子は逆らわなかった。黙ってされるがままに唇を吸わせ、僕の背中へ手を回してきた。すべてを忘れたい。そんな気持で僕は桃子の耳朶を噛み、ブラウスのボタンを外した。首筋から乳房へと舌を這わせ、下腹部へ手を伸ばした。

しかしその時、ふと学堂の姿が脳裏を掠めた。尿道につけられた管、それを他人に曝さねばならない心的苦痛を、じっと目を閉じて耐えている学堂の姿が……。僕は萎えそうになる心を奮い立たせるように夢中で桃子を求めた。激しく何度も、狂ったように。

「どうしたの、和也。初めてね、こんなこと」

桃子は体を離すと、衣服を身につけるのも忘れて呆然と僕を見つめた。「一体何なのよ」といった感じだ。僕は机の端に置いてあった書きかけの原稿をつかんで破ろうとしたが、束になった紙片はびくともしなかった。やけくそになって机に叩きつけると、音を立てて部屋中に散らばった。

「一体何があったの和也。これまで何日もかかって書いた原稿じゃない。就職活動もしないで書いた原稿でしょ。これを破り捨てたら、何のために時間を費やしてきたのかわからないじゃないの。今日の和也はおかしいわ」

桃子は思い直したように服を着ると、畳に散らかった原稿を集めて机の上に置いた。それから血の滲んでいる僕の指を嘗めて、カットバンを貼ってくれた。

「原稿で切れたのね」

桃子はそういってから、

「プリントした原稿なんて、いくら破っても関係ないか。パソコンから削除しなくちゃね」

鼻で笑うようにいって、コーヒーを入れてきてくれた。僕は今日のことを桃子に話した。

「そっか。やりきれないね。私もさ、実習したり先輩の話を聞いたりすると、自信なくなるんだ。自分にできるかどうか不安になるの。看護師だってきっとそうよ。白衣の天使だなんていわれたって、きれい事じゃ済まないもの。聞いた話だけど、やたらとナースコールを押すお婆さんがいてね。どうしましたかって聞くと、淋しいのっていうんだって。夜は夜で眠れないのって始終コールするから、コードを引き抜いちゃった看護師がいるんですって。プロだって限界があるものね」

「ふ～ん、そんなこともあるんだ」

「『バカの壁』を書いた養老先生知ってる？」

「ああ、名前だけはね」

「あの先生が『死の壁』っていう本を出したの。その中で、家族みたいな素人に介護させるなんてとんでもないって考える方が機能的だろうっていってる。私もそう思う。でもね。家族が見てないと、虐待されてるケースも確かにあるの。残念だけど」

「じゃあ、学堂は虐待されてるの」

「それはわからない。安易に決めつけない方がいいわ。それに、仮に虐待されているとしても、和也に何ができる？　西村さんを引き取って、まるごと面倒看るなんてことできないでしょ。だったら、センチメンタルなヒューマニズムなんて振り回さない方がいい」

桃子のいうことは正しいのかもしれない。でも、何だか無性にやりきれなかった。桃子もふっと溜息をついて、

「長寿の時代というのは、幸せな要素ばかりじゃないわ。下手をすると、親も子も両方が不幸になる。だからといって、親の長寿を喜ばない子はいないでしょ。対外的には偽善者を装わなくち

ゃならないからね」
と、天井を見上げた。
「何それ」
「そんな風潮が日本にはまだ根強く残ってるってこと。だから行き詰まると、自殺とか心中って
ことになっちゃうのよね」
桃子の言葉に頷きながら、僕は友部のことを思い出していた。友部はどんな気持ちで死んでい
ったのだろう。
「日本は世界でも有数の長寿大国なのにな」
「そうね。そういうと楽園天国のような国を連想しちゃうけど、実は生き地獄だったなんてこと
にならないようにしなくちゃ」
「どうやって」
「わからないけど、自分の老後を自分でしっかり設計しておくってことかな」
僕は桃子の哲学にいつも圧倒される。果たして、しっかりした老後設計など僕にできるのだろ
うか。
「僕には何の才能もなさそうだし、どうやって生きていくかも決まっていない。そんな設計、無
理だよ」

「確かに天才はいると思うけど、人生は百パーセントが運だっていってた人もいる。それって、あながち否定できない気がするの。才能だ努力だといったところで、何が良くて注目されているのかわからない人もいるものね。先のことはわからないわよ」

「それって、慰めてくれてるの」

「そうじゃないけど、和也も私も、運は悪い方じゃないなって思っただけ。大学まで行かせてもらってさ。親の面倒も、基本的には見なくていい立場でしょ。二人とも、かなり強運の持ち主じゃない」

桃子はそういって立ち上がると、窓を開けた。涼風がさっと僕の顔を掠め、窓の外で子供の声がした。

「やだ。買い物なんか行きたくない」

駄々をこねているのだろう。

「じゃあ、お留守番してる」

と母親の声が聞こえ、

「やだ。お留守番なんか嫌だ」

「じゃあ、どうするの」

「ママとおうちにいる」

「そうはいかないの。夕飯作らなくちゃならないんだから。ママも嫌だ。あんたみたいな分からず屋と一緒にいるのやだ」

というやり取りがあって、母親が歩き出す音が聞こえた。すると、わあわあ泣きながら後を追っていく子供の足音が聞こえ、だんだん遠くなった。桃子はそれを見てにやにや笑っている。

「いいわねぇ、あのくらいの頃は。何の苦労も知らなくて」

僕も立ち上がって窓から覗くと、追いかけてくる子を抱き上げる母親の姿が見えた。

「僕もあんな頃に戻ってみたいよ」

遠ざかっていく親子の姿を見送りながら、僕は桃子の肩を抱いた。

「学堂にパジャマ買ってあげたいな」

「パジャマ?」

桃子は首を傾げた。僕は学堂が看護師にパジャマを投げつけていたのを見たのだ。見ると冬物のパジャマだった。学堂は何もいわなかったが、もう暑いのだろうと思った。

「夏物がいいかな。それともまだ合着かな」

というと、桃子は視線を落とした。

「それも、やめた方がいいかもしれない。和也の善意はわかるけど、奥さんにすれば、気のつかない女房だといわれているようなものだから」

「女って面倒な生き物だな」

「男だって同じでしょ。女の見栄も男の面子も、面倒なものに変わりないわ。昔の女は男の面子を守るために、大変な思いをしながら陰で夫を支えてきた。夫が認めない限り、報われない努力をしてね。でも世継の母親になって子供に孝養を尽くしてもらえれば、それで報われる部分もあったけど」

「今は子供をあてにもできないし、か」

「また茶化す。でも、それは本当よ。大家族制度がなくなって核家族化した現代、女たちは子供を産む意味を失ったのよ」

「だから少子化？　子供って、欲しいから産むんじゃないの」

「それはそうよ。ひとつの生命体として本来はそうあるべきものだけど、子育てにかかる労力や犠牲にするものを考えると、女は二の足を踏むのよ。女が自分の人生を生きようとした時、世の中の歯車がどこかで狂いだしたんだと思う」

「学堂もそんなことといってたな」

「たぶん今は過渡期なのよ。またきっと噛み合う時がくるわ」

「それまで男はどうしたらいいんだよ」

頭を掻きむしって仰向けになると、切れかけた蛍光管がやけに薄暗く見えた。

「何いってんの。男も一緒に考えるのよ」

「えー」

外では珍しく豆腐屋のラッパが聞こえる。日本はどこへ向かうのだろう。

二

僕の中にはまだ小説家への夢が捨てきれずにあるのだろうか。それとも別の何かが惹きつけるのか、それからも僕は学堂を見舞った。

隣のベッドにいた患者はいつの間にか姿を消し、行く度に患者の顔は入れ替った。到底退院できそうもない重病患者が入れ替っていく。

桃子に用事ができて会えなくなった五月五日、僕が学堂を見舞うと、その日は入院している老人たちを集めて端午の節句を祝う集いが行われていた。そこでも学堂は「トイレ！　トイレ！」と叫んでいた。あまりに騒々しいので、看護師が仕方なくその場から連れ出したが、廊下で僕を見つけると車椅子ごと学堂を預けてさっさと行ってしまった。幾分怒っているように見えた。

学堂はトイレに行ったあとも、その輪の中へ戻ろうとはしなかった。遠くで老人たちの歌う「せいくらべ」が聞こえてくる。学堂はその声にもそっぽを向いた。

「西村さん、戻りましょう」

僕がいっても、学堂は首を振った。頑固に首を振る学堂を見て、僕は学堂の気持が少しわかるような気がした。

学堂にはインテリとしての自負があるのだ。思うように言葉が出なくても、頭のどこかはしっかりしていて、ボケ老人たちと一緒にされることを拒んでいるのだと思った。馬鹿になって溶け込めない。馬鹿になれたら、楽になれるのに……。


学堂がいっていたように、この病院の看護師は乱暴に痰を吸入する。細い管を鼻から差し込んでガ、ガ、ガと音を立て、機械的にそれを引き抜く。その度に、半分昏睡状態にある患者は痛そうに顔をしかめ、身体を震わせる。しかしそれは誰に対してもそうなのだ。だから普通のことなのかもしれない。ただ端から見ていると、確かに人間扱いではないようにも思えた。

生きているかどうかもわからないような患者が、幸せを感じることはあるのだろうか。もし幸せを感じる瞬間さえなく、ただ苦しいだけだとしたら、それでも生きていたいと思うのだろうか。

ある時、僕が部屋の前まで行くとカーテンが開いていて、学堂が看護師を呼んでいるのが見えた。看護師と介護士が忙しそうに部屋の中を歩き回り、他のベッドの患者の世話をしている。学堂はしきりにその二人に手を上げて「おー、おー」と叫んでいるのだが、看護師も介護士も知らん振りして他の患者に声をかけている。すると学堂はベッドのパイプ枠をガタガタと揺すり始めた。それでも看護師たちは学堂を無視したまま用事を済ませ、部屋を出て行ってしまった。僕は桃子がいっていたことを思い出し、その場にいたたまれなくなった。

ロビーへ戻って気持を整えていると、

「あら、西村さんとこのお孫さん？」

といって看護師が声をかけてきた。初めてこの病院へ来た時、奥さんが僕を紹介した看護師だ。遅い昼でもとるのか、コンビニの袋を下げている。

「ちょっと待っていただけますか」

といって廊下を駆けていくと、すぐに戻ってきて、「担当医がお会いしたいといってますので」と僕を誘導した。またしても孫にされたかと思いながら、しかし敢えて否定しようとは思わなかった。孫の振りをして、あの状態を訴えてやろうと思ったのだ。

面会者用の小さな部屋に案内され、少しすると担当医が現れた。年配の男性医師は、疲れた顔でまばらになった髪を掻き揚げ、

「担当医の橋です」

と挨拶してから、

「奥様、ああ、あなたのお婆さまにはご説明申し上げたのですが、よくおわかりいただけないみ

たいで、こちらも困っているんですよ」

と嘆息した。

「ここへ転院された時、過度の延命措置はしないと奥様には申し上げたのですが」

と話し始めた医師の態度には、不遜なものは感じられなかった。ただ、奥さんを相手にほとほと困り果てているといった感じだった。学堂はすでに播種（はしゅ）性血管内血液凝固症という深刻な病気を併発していて、このまま治療を続けても改善する見込みはないという。

医師が困っているのはトイレの問題で、すでにトイレへ連れていける状態ではないのだが、学堂はどうしてもトイレへ行きたがる。

これは転院してきたばかりの時の話だが、ナースコールを押しても行かないでいると、「俺が呼んでいるのに何で来ない」といって怒ったのだそうだ。奥さんにそのことを話すと、「三十回だって行くのは当たり前でしょう。前の病院ではやってくれました」と医師に噛みついたという。医師はたまらなくなって、「介護する人のことも考えなさい」といったそうだが、「あんなに勝手な人はいない」と常軌を逸した口調で、「家には帰してくれるな、リハビリもさせてくれるな、風呂へも入れてくれるな、トイレにだけ連れて行けとは何事か」といいながら頭を掻きむしった。僕は医師に抗議するつもりで来たのだが、その話を聞いて何もいえなくなってしまった。

「どうなさいますか。このまま治療を続けますか。といっても、もうすぐ三ヶ月になりますのでね。他の病院を探していただくことになりますが、西村さんの場合、引き受けてくれる病院は……」

医師は一瞬沈黙してから言葉を選ぶように、

「ご本人は安らかな死を望んでおられますが、奥様にはどうもご理解いただけないようで。それで、あなたに来ていただいたのですが」

そして医師は奥さんが難しくてどうにもならないともいった。年はとっているが、ボケてはいない。あの人はちゃんとわかっている。わかっていて自己防衛本能を働かせ、都合よくボケて見せる。

「無論、家族が判断を下すということが、どれほど残酷なことかわかっているつもりです。しかし……」

奥さんは重要な判断を人に委ねておいて、あとでそれを非難するタイプ。だから医師の方も怖くてそれができないのだという。

医師は深く嘆息すると、返事はよく考えてからでいい、奥さんと相談してからでもいいといってくれた。僕は呆然としたままその部屋を出たが、パニックだった。何でそんなことを僕にいうんだと、医師を恨めしく思った。

それでもとにかく、足は病室に向かっていた。病室の前まで来ると学堂の声が聞こえた。「トイレ！」ではなく、「殺せ！　殺せ！」と喚いているようだった。僕はたまらなくなって、「トイレに行きましょうか」と学堂の耳元でいうと、学堂はしばらく恐い目をして睨んでいたが、僕を認識したのか「うっ」といって体を起こそうとした。もう自分の身体などどうなってもよかった。学堂が望むなら、トイレでもどこへでも連れて行こうと思った。トイレから戻ると学堂は、

「死にたい。殺してくれ」

と静かに目を閉じていった。その言葉は何故かはっきりしていた。学堂は本気だ。本気でいっているのだと僕は思った。自分の長過ぎる生をもてあましている。こんな惨めな姿を曝して生きていたくない。そういっているような気がした。

そういえば大学病院にいた頃、僕は学堂が夕食に出たケチャップのチューブで、テーブルにいたずら書きしているのを見たことがある。確か、「あらやんや、もてあましたる命かな」と書いていたようだったが、食器を下げにきた配膳の人が無造作に拭っていってしまった。あれはきっと、本音だったに違いない。

「何か欲しいもの、ありますか」

僕が尋ねると、学堂はしばらく考えて、

「……」

といった。たぶん僕にだけ聞き取れる言葉だったろう。いつの間にか僕は学堂の言葉を、わず

かだが理解できるようになっていた。

「氷、ですか」

と聞くと、学堂は頷く代わりに一度だけ瞬きした。僕は病院の近くにコンビニがあったことを思い出した。

「ちょっと待っててください」

病室を出ると、僕はコンビニまで走った。梅雨の走りで、雨あがりのアスファルトからむっとする熱気が跳ね返ってくる。そういえば、奥さんは暑いのが苦手だといっていた。ギラギラした太陽は嫌い。陽のあたるところには出たくないといっていた。

むろんそれは頭痛を引き起こすという身体的理由もあるのだろうが、陽のあたる場所にいられる人間は、みな幸せそうに見えるのだそうだ。堂々と日の光を浴びて歩いていける人たちは、それなりの生活レベルにあって、健康で、生気に溢れている。自分は日陰がいい、と奥さんはいっていた。今日、奥さんは来るのだろうか。

僕は奥さんの姿を探すように辺りを見回しながらコンビニに入った。早く病院に戻らなくてはと思いながら、このまま逃げてしまいたい衝動にもかられ、氷を探す振りをしてコンビニの中を歩き回った。医師の言葉と学堂の言葉が交差する。学堂は死にたがっている。医師も安楽死をさせたいと思っている。僕はどうしたらいいのだろう。どうしたら学堂は救われるのだろう。

病室へ戻ると学堂の姿はベッドになかった。初めは検査にでも行ったのかと思い、テーブルの上に氷を置いたまま待っていた。しかし不吉な予感がして、僕はトイレへ飛んでいった。思ったとおり、学堂はトイレに腰掛け、今にも崩れ落ちそうな格好でぐったりしていた。学堂を車椅子に乗せ、ベッドへ連れて帰ると、学堂はすぐに眠りに落ちた。僕はナースステーションへ行き、

「トイレに患者を置き去りにするなんて、ひどいじゃないですか」

と抗議すると、

「トイレにもコールがついてますからね。終わったら、それを押してくださいっていってあります。コールは聞こえませんでしたよ」

事務的な言葉が返ってきた。

「だからって」

僕は必死で抗議しようとしたが、看護師も介護士も迷惑そうな顔をして廊下へ出て行ってしまった。仕方なくベッドへ戻り、学堂が目を覚ますのを待った。何故か悔しくて、込み上げてくるものを押さえきれず、人目を忍んで目頭を拭った。

目を覚ますと再びトイレだった。トイレから戻って「氷を買ってきましたよ」というと、学堂は嬉しそうな顔をして口を開けた。ビニール袋に入った球状の氷は半分溶けていたが、口に入れるにはちょうどいい大きさになっていた。溶けた水ごとコップに入れ、スプーンで掬って口に入れ

てやると、美味しそうにごくりと喉を鳴らした。

「君はやさしいね」

とかすかにいって、学堂は何やらぐだぐだとわけのわからないことをいい始めた。僕が首を傾げると、また同じようなことをいう。何回か聞いているうちに、どうにかいいたいことが呑み込めてきた。介護士に氷を要求したら、大きいまま口に入れたらしい。学堂はそれを怒っていた。寝たきりの病人が大きな氷を口に入れられたらどんな思いをするか、介護士にはわからなかったのだろうか。わからなかったとすれば、介護士として失格だと僕は思った。

たった三つか四つ氷を食べ、水を飲んで、

「うまかったー」

と満足そうな顔をした。学堂が転院してから初めて見せた至福の顔だった。

三

「それって、積極的安楽死をいってるの?」

桃子がいった。人工呼吸器など延命措置を止める消極的なものと、致死薬を使う積極的なものがあるという。安楽死とはふつう、治る見込みのない患者やその家族が、苦痛の緩和や除去を望んだ場合、医師が患者の死期を早めるものだ。学堂もそれを望んでいるが、奥さんは何故かそれに合意しない。

「合意する家族だって、たまらないものね。だからって医者に全部を押しつけられても、医者だってPTSDが残るのよ」

「何、それ」

「心的外傷後ストレス障害。ああ、俺は人を殺しちゃったっていう心の傷。人間だもの。それは死刑執行人にだってある。だから一人に押しつけないで複数で行なうんだって」

僕は桃子の肩を引き寄せた。身体がガタガタ震え、何かにつかまっていないとブラックホールへ吸い込まれていきそうな気がした。

「何でだよ。何でこうなるんだよ。あいつら、学堂を無視しやがって」

「看護師も介護士も不足しているのよ。だから外国人看護師や介護士の受け入れを始めたけど、まだまだ問題は山積してる。介護現場の状況は良くなっていないわ。そんな状況で、患者が要求するすべてを満たすなんてことできないのよ。特に西村さんのようなケースは難しいと思う。介護者と被介護者の人権がどこで折り合いをつけられるか。それは誰にもわからない」

桃子は震えている僕を宥めるように、僕の頬にそっと唇を押しつけた。しかし僕の心は硬直していて、唇の温かみを感じることもできない。

「生きるとか、自由とか、わからなくなってきた」

僕は今書きかけている卒論のテーマさえも虚しく思えた。

「自由と自己本位とは違うだろ。みんながお互いに相手を尊重しあい、しかも自分の人生を犠牲にせずに生きていける世の中なんて、あるわけない。ないんだよ」

「やってみなきゃわからないわよ。理想がなくちゃ向上心だって湧いてこないし、進歩もない。そこに向かって頑張るしかないのよ」

そういうと桃子はジャスミン茶を入れてきた。

「匂いを嗅いでみて。気持が落ち着くから」

僕はいわれるままに匂いを嗅いだ。ほっとするような、心が洗われるような、いい香りがした。

「死は終わりじゃなくて、生まれ変わるために彼岸へ渡る一つの行事だって考えればいいじゃない。私たちは、患者が此岸から彼岸へ渡るお手伝いをする。どれだけ納得して渡ってもらえるかは問題だけど」

そういって桃子は遠い目をした。

石楠花(しゃくなげ)の花が終わる頃、経帷子(きょうかたびら)に手甲(てっこう)・脚半(きゃはん)をつけて学堂は黄泉(よみ)の国へ旅立っていった。結局病院食を一度も口にせず、おむつに用を足すこともなく逝った。それだけは意地を通した。

僕の手には『創作代表選集』が残された。

「学堂は何故、生きている時にこれを読ませてくれなかったのかな」

「西村さんは和也にどう評価されるか、それが恐かったんじゃないかな。自分には才能があった。でも、世間が認めてくれなかった。どこかでまだ、そう思ってたんじゃないかな。だから自分に好意的な和也に、単行本にもならなかったその作品を、どう評価されるか恐れていたんじゃない」

礼服にブラシをかけながら、桃子はそういった。西向きの僕の部屋は、夕方だというのにまだ陽が差し込んでいる。その小さなベランダの物干に、桃子は僕の礼服をかけた。

僕は『創作代表選集』を手にとり、本の扉を開けた。そこには僕に宛てた数枚の便箋が挟んであった。

江藤和也君へ

今日、君が私を頼ってくれたことは嬉しかった。私が死んだらこの本は君に進呈する。その時のために、これを書き残しておくことにする。

君が小説家を目指していることを知って、息子ができたような気がした。しかし同時に、私と同じ轍を踏ませたくないと思ったのも事実だ。

私は若い頃、家業を疎かにして小説ばかり書いていた。家を継ぐのが嫌で結婚もしなかったが、戦争で何もかも無くし、四十に手の届きそうな年になって初めて家庭というものが欲しくなった。妻と見合いで結婚し、娘も生まれた。三十八の時だ。

芥川賞候補になって、食べられたのは数年。妻の内職で食いつないだのが数年。妻が働けなくなってからは国の世話になってきた。妻にも娘にも充分なことはしてやれなかった。

娘は物心がついた頃から、私に何もねだらなくなった。周りの子供たちが抱っこちゃんやフラフープを見せびらかすように遊んでいても、娘はあんなものいらないといった。友達が乗り回している自転車の後を娘が走ってついていくのを見て、私は目を逸らした。東京タワーも遊園地も、どこにも連れていってやれなかった。

プレゼントが買えないから友達の誕生会へ行けないと泣きじゃくる娘に、そんなことでめそめそするなと叱りつけた。そしてお父さんは偉いんだ、編集者から先生と呼ばれるお父さんは偉いんだぞと尊大に構えた。貧しさで卑屈になりがちな気持を、尊大に振舞うことでかろうじて立っていることができたのだ。

しかし国の世話になるようになると、妻は私を詰るようになった。執拗な攻撃から逃れるために、私はその矛先を娘に向けさせた。私はもうすぐ五十になる老人だ。これからは娘に養ってもらえばいいのだと。家族を犠牲にしてまで貫いてきたものがもう駄目だとわかった時、私は出直しのきかない年齢になっていた。

十歳になったばかりの娘の肩に、妻の期待は重くのしかかった。その重荷に耐えきれなくなって、十九歳になった娘は他国へ活路を求めた。今になって思う。せめて娘に嫁入り道具のひとつも持たせてやりたかったと。そして娘が胸を張って帰って来られる親でありたかったと。

身から出た錆とはいえ、この年になると娘や孫が傍にいたらと考える。平凡でもいい。普通の親と子でいられたら、どんなによかっただろうと悔恨の念に苛(さいな)まれる。

自殺を考えたこともある。しかし、以前娘に「自殺だけはしないでね。家族はたまんないから」といわれたことがあった。娘は自然死が時にどれほど残酷なものかわかってはいなかっただろうが、私はとにかく自殺を思いとどまった。

では動けなくなった時、どうすれば死ねるか。妻や娘に負担をかけず、しかも表面上自殺ではない死に方。と考えた時、餓死するしかないと思った。実行できるかどうかはわからないが、それが私にできる妻や娘への餞(はなむけ)であると思っている。

君にこんなことをいうのはおかしいが、妻にも娘にもいえなかったことを誰かにいわずにはいられなかった。不愉快に感じたらこの手紙を破り捨て、すぐに忘れてくれていい。

君にいいたかったのは、作家になるにはそれだけの覚悟が要るということだ。その覚悟をもって立ち向かって欲しい。どのような道を選んでも、私は君が幸せな人生を歩んでくれることを願っている。

西村学堂

出会ったばかりの頃に書いたのだろう。便箋は少しすすけていたが、学堂の僕に対する愛情のようなものが伝わってきて目頭が熱くなった。

僕はパソコンを立ち上げ、それまで書きためた小説のファイルをごみ箱へ移した。そしてさらにごみ箱の中のファイルを削除しようとした。「このファイルを完全に削除してもよろしいですか」というメッセージが表示される。あとは「はい」をクリックすればいい。そうすれば、小説のファイルはきれいさっぱり消えてなくなる。

「何するの、和也。ちょっと待って！」

ベランダから何気なくそれを見ていた桃子は、サンダルを蹴飛ばすように脱ぎ捨てて部屋へ入ってくると、僕の手からマウスを取り上げた。

「いいんだ。明日から就職活動をする。そう決心したんだ。君と結婚もしたいし、幸せな家庭を築いて、安穏な老後を送りたい。僕は凡人だからな」

そういうと、桃子は瞳を潤ませた。

「ふ～ん、堅実に生きるんだ。旦那様としてはそういう人がいいわね。でも、和也が自分の夢を捨ててしまうのは、ちょっと淋しい。それに何十年か経った時、俺はこんな仕事をしたくなかった。お前達のために我慢して働いてきたんだぞって、ぼやく親父にはなって欲しくない」

桃子にそういわれて、僕は郷里にいる父のことを思い出した。普段無口で何もいわない父が、一度酒に酔って愚痴をこぼしたことがある。家族がなかったら、こんな会社なんぞとっくに辞めている。俺はお前達のために、あの馬鹿上司に頭を下げてきたんだぞ、としつこいほど母に絡んでいたのを、中学生だった僕はみっともないと見下しながら見ていた。あれで父は幸せだったのだろうか。

「わからないよ、先のことは。ただ、今の夢は出版社へ就職して、学堂の作品を単行本にすることなんだ」

桃子は黙って頷きながら静かにベランダの戸を閉め、クーラーのスイッチを入れた。

「でも、そのファイルはごみ箱に置いておけばいいじゃない。完全に削除してしまわなくても。肝心なのは和也の決意でしょ」

「決意か。そういわれると自信がなくなるな」

「意志が弱いからね」

「はっきりいうなよ。僕に限らず、人の気持ほど当てにならないものはないだろ。あの奥さんの気持だって、未だにわからない」

奥さんは何故あんなことをいったのだろう。堂の前で「もう体中癌ですからね」などと気力を萎えさせるようなことを。それでいて安楽死にはなかなか同意しなかった。その矛盾が僕にはどうしてもわからないのだ。

「誰かがいってた。家族は一番厄介なものだけど、一番愛しいものなんだって。死んでくれと思う一方で、生きていてほしいと思う。だから悲しいって」

桃子の言葉に、僕は胸がつまった。膝を並べて何もいわずに、茜色に染まった空を眺めた。何もいわなくても、同じ気持でいる筈だと思った。同じ気持で同じ空を見つめている。それだけで心が温まった。そして僕は桃子に、はじめて友部の話をした。

「友部の直面した絶望が、今は少しわかるような気がする」

というと、桃子は黙って頷き、

「コーヒー入れるね」

とキッチンに立った。僕はファイルの削除を取り消し、もう一度『創作代表選集』を手にとった。ノーベル文学賞を受賞した作家や著名になった作家の作品と並んで、「星になろうとした男」はその冒頭にあった。ぱらぱらとめくっていくうちに、僕は小さな新聞の切り抜きを見つけた。それは芥川賞候補になった時、Ｙ新聞に掲載された顔写真入りの記事だった。他の候補者と一緒に、学堂は少しにやけた顔で読者を見つめている。セピア色にすすけた栄光の断片は、夕陽を受けて輝いていた。

―了―

萩乃美月（はぎの みづき）

東京生まれ。現在神奈川県在住。

慶應義塾大学通信教育課程文学部卒業。

都庁を退職後、主婦をしながら古文書学を学ぶ。1990 年代より執筆活動に入る。現在サイト運営中。

趣　味：写真、旅行、エッセイ等
主な著書：「栄光のかけら」
「『薬子伝』―誇り高く美しく―」他

「つれづれ紀行」http://www.kit.hi-ho.ne.jp/mizuki-h/
ブログサイト「ひとひらの雲」http://blog.goo.ne.jp/shinori61

栄光のかけら〈増訂版〉

2017年10月17日発行

著　者　萩乃美月
発行所　ブックウェイ
〒670-0933　姫路市平野町62
TEL.079 (222) 5372　FAX.079 (223) 3523
http://bookway.jp
印刷所　小野高速印刷株式会社

ISBN978-4-86584-264-7